TAKE
SHOBO

はじまりの魔法使いは生贄の乙女しか愛せない

クレイン

Illustration
ウエハラ蜂

蜜猫
MitsuNeko

contents

プロローグ　生贄 006

第一章　農場 030

第二章　再会 093

第三章　執着 143

第四章　幸福 185

第五章　結界 242

エピローグ　三百年後の世界 280

あとがき 287

イラスト／ウエハラ蜂

はじまりの魔法使いは生贄の乙女しか愛せない

プロローグ　生贄《いけにえ》

この世界には魔物が蔓延《はびこ》り、人が生きる地は最早《もはや》ほとんど残されていない。

そんな中で唯一残された、人類最後の国。ファルコーネ王国。

この国には魔物から民を守るための、二つの力がある。

一つはこの国を覆う様に張り巡らされた、魔物を退ける対魔結界。

そしてもう一つは自らの魔力を贄にして、精霊を使役し魔物を屠《ほふ》る国家魔術師である。

「――さて、これから話すのは今から三百年前。始まりの魔法使いと謳《うた》われる、我が国の初代魔術師長のお話だ」

現在、その国家魔術師の長を務めるルトフェル・カルヴァートは、テーブルに向かい合って座る、銀の髪を持つ魔術師見習いの少年に語りかける。

ファルコーネ王国の初代魔術師長は今からおよそ三百年前、この国を守る対魔結界を作り、魔法という技術を確立させた。

彼のおかげでただ一方的に捕食されるだけだった人類は、魔物に対抗する力を得たのだ。

それはこの国で魔術師を目指す者なら、誰もが知っておくべき歴史である。

「特に興味がありません。もう帰っていいですか?」

だが全くもってやる気のない少年は、青を基調として様々な色が混ざり合う蛋白石色《オパール》の目を眇《すが》めてそう言うと、立ち上がってとっととこの場から退出しようとした。

相変わらず国家魔術師の長であるルトフェルに対し、小指の先ほども敬意を持っていないようだ。

全ての精霊に愛されしこの少年は、紛うかなたき天才だ。

けれども天才であるが故に、どこか危うい傲慢さがある。

「待ちなさいアリステア。せっかくルトフェル様が直々にお話しくださっているのよ。ちゃんと真面目に聞いてちょうだい」

するとその少年アリステアの師であるララ・ブラッドリーが、彼を優しく嗜《たしな》めた。

困ってしまって情けなく垂れ下がっている師《ララ》の眉を見て、アリステアは煩わしげに一つため息を吐くと、不本意であることを微塵《みじん》も隠さず元の席へと座る。

この傲慢な少年は、己の師だけには非常に弱いのだ。

まあ、話に興味がないだけではなく、圧倒的に大人であるルトフェルに対する対抗意識もあるのだろう。

思春期に足を踏み入れかけたばかりの少年の葛藤を横目に笑って、ルトフェルは口を開く。

「──まあ、いいから聞いておけって。いつかお前の役に立つかもしれないからな」

◇◇◇◇

「このお薬は、朝と晩の食後に服用してください。無くなるまでしっかり飲み切ってくださいね」

「ありがとうございます。いい？　お姉さんの言う通り、ちゃんと飲むのよ」

「えー、僕、苦いのやだ……」

小さな男の子が掠《かす》れた声でそう言って、母親の服の裾を握り目を潤ませる。

その愛らしさに、コーデリアは思わず笑みを漏らした。

やはり子供は、その存在自体が尊く可愛《かわい》い。そして未来そのものだ。

「頑張ろうね。そうしたら咳《せき》が出るのも喉が痛いのもすぐに良くなるわ。──お大事にどうぞ」

コーデリアがそう言って薬の入った紙袋を差し出せば、この日最後の患者である母子は、それを受け取って一つ頭を下げると、手を繋《つな》いで帰っていった。

その大小二つの背中を見送って、コーデリアはふう、と一つ息をつく。

どうやら質の悪い風邪が流行《はや》っているらしく、務め先の診療所は朝から患者が絶えず繁忙であった。

「コーデリア、お疲れ様。今日の患者の数はすごかったねぇ」

コーデリア以上に疲れた顔で、医師のクラークが診察室から出てきた。

窓から見える空は、夕焼けですでに赤く染まりつつあった。

どうやら明日は晴れるようだ。今日の診察で出た大量の洗濯物を、朝一で洗わなければ。

「女の子なんだから、これ以上暗くならないうちにお帰り」

クラークはおっとりと微笑《ほほえ》み、コーデリアに帰宅を促す。

今日も今日とて本当に優しい、最高の雇い主である。

「はい！　ありがとうございます。それじゃお先に失礼します。先生もお疲れだと思うので、あまり無理はなさらないでくださいね」

ぺこりとひとつ頭を下げて、コーデリアが帰り支度を始めたところで。

「――っ！」

突然遠くから命の危機を感じさせるような、叫び声が聞こえた。

何事かとコーデリアが慌てて窓から身を乗り出せば、『魔物だ！』『逃げろ』『高いところへ上がれ』などと次々に町の人たちの焦った声が聞こえてきた。

（――魔物ですって⁉）

コーデリアの全身から、血の気が引いた。

それはコーデリアがこの町で暮らし始めて六年目にして、初めてのことだった。

「コーデリア！　早く入り口の扉を閉めて二階に逃げなさい！」

切羽詰まったクラークの厳しい声に、コーデリアは慌てて立ち上がる。

どうやら飛行型の魔物ではないようだ。高い階に上がればやり過ごせるだろう。

人間が魔物に対抗する術は少ない。魔物に襲われたら、ただ逃げるしかないのだ。

魔物は今や、人間の上位種としてこの世界に君臨している。

（……最近、王都周辺では魔物が減っていると聞いていたのに……！　どうして……！）

二階の窓から恐る恐る下を眺めれば、狼《おおかみ》のような形の魔物が、鋭い牙をのぞかせる口を真っ赤に染めて、獲物を追いかけ走っていく姿が見えた。

どうやらすでに多数の死傷者が出ているようだ。

魔物たちが引き上げれば、一気にこの診療所に怪我人《けがにん》が運び込まれることだろう。

コーデリアの心臓が緊張で、バクバクと嫌な音を立てる。

（大丈夫。落ち着いて。いつものようにしっかりと体の中に隠すのよ）

興奮すれば、それは簡単に体の外に漏れ出てしまうから。

そうしたら魔物たちが、コーデリアの存在に気付いてしまう。

『体の中心に、器のようなものがあるのを想像《イメージ》するんだ。そしてその器に蓋をしてやればいい』

かつての親友の言葉を思い出し、コーデリアは目を瞑《つぶ》り己の体内に集中しようとする。

だがその時、遠くで幼い子供の叫び声がした。狩られる寸前の、獲物のような叫びだ。

その掠れた声を、コーデリアは知っていた。何しろついさっきまで、聞いていたのだ。

――苦い薬は嫌だという、小さな男の子の声を。

何かを考えるよりも前に、コーデリアの体が動いた。

二階の窓を開けると、地面へと飛び降りる。足裏にずしりと己の体重を感じた。

足裏が痛いが、さして間をおかずに癒えるだろう。

どうせコーデリアの体は、そういう風にできている。

「コーデリア……！　一体何を……！　戻りなさい‼」

背後からクラークの制止する声が聞こえる。だがコーデリアは振り返らずに、そのまま叫び声が聞こえた方向へと走り始めた。

（――見つけた……！）

やがて辿《たど》り着いたそこには、今まさに転んだ子供に襲いかかろうとしている狼型の魔物がいた。

「やめなさい……！」

直様《じきさま》コーデリアは、己が持つ『魔力』と呼ばれ、人々から恐れられ蔑まれる力を身体中《からだじゅう》に巡らせる。

すると子供に食らいつこうとしていた魔物がぴたりと動きを止め、まるで名を呼ばれたかのようにコーデリアの方へと振り向いた。

その魔物だけではない。この場にいたすべての魔物が、一斉にコーデリアの方へと視線を向ける。

目論見《もくろみ》通り魔物たちが、子供から自分に標的を変えたことにコーデリアは安堵《あんど》する。

――魔物は不思議と『魔力』を持つ人間を、獲物として特に好む。

そのことに気づいた人々は、『魔力』を持つ人間を集め、魔物を誘《おび》き寄《よ》せるための餌として使うようになった。

非人道的であるが、人類の滅亡を前にして、手段を選んでいる場合ではなかったのだろう。

コーデリアはかつて、そんな『魔物の餌』として『魔力持ち』の子供を育てる施設にいた。

この施設で育った子供たちは皆、いずれはその魔力で魔物を人間の町から引き離すための生贄として使用されることになる。

コーデリアもまた、その生贄になる予定だった。

だが結局、コーデリアが生贄になる日は来なかった。

突如としてファルコーネ王国国王の命により、その施設が閉鎖されたからだ。

施設がなくなった理由については、コーデリアも知らない。

今更ながら、国王陛下がその施設を非人道的であるとでも考えたのかもしれない。

施設の閉鎖後、そこにいた子供たちは皆、新たな施設へと引き取られていった。

だが最年長であったコーデリアだけは、もう働ける年齢だからと引き取りを拒否されてしまったのだ。

そして路頭に迷ったコーデリアを憐《あわ》れんだとある軍人から、働き口として紹介されたのが医師のクラークだった。

元々ファルコーネ王国の王宮で王直属の医官として働いていた彼は、退官し故郷の町に診療所を作るという夢を叶《かな》え、そこで共に働く助手を必要としていたのだ。

コーデリアはそれなりに良家の生まれであり、施設に入るまで高度な教育を受けていたため、読み書きができ簡単な計算もできた。

おそらくそんなところも良かったのかもしれない。

コーデリアを魔力持ちと知っても、クラークは彼女を侮蔑の目で見たりはしなかった。

『もちろん魔力持ちに対し、今はまだどうしても偏見があるからね。人前で君の力は使わない方がいいけれど。――僕はね、その力を本当は神が人に与えし祝福《ギフト》なのではないかと考えているんだよ』

そう言って、魔力持ちのコーデリアをすんなり受け入れてくれたのだ。

――この力は、むしろ神から与えられた祝福である。

それは常々、コーデリア自身も感じていたことだった。

魔力を持っている施設の子供たちは、皆、いい子ばかりだった。

とてもではないが、罰を与えられる様な罪や業を背負っているとは、思えなかったのだ。

『ありがとうございます……』

クラークの言葉が嬉《うれ》しくて、コーデリアは泣いた。

人間は確かに醜くて残酷な生き物だ。

けれども人間ほど美しく、慈悲深い生き物もいないとコーデリアは思う。

ただ、善きにしろ悪《あ》しきにしろ、色々な人間がいるだけなのだと。

その後もずっとコーデリアに良くしてくれたクラークを、そしてこの町の優しい人々を、見捨てることなどできなかった。

だからコーデリアは今回、自ら囮《おとり》になることを選んだのだ。

「――ほら、お前たち、いらっしゃい。私の方がずっと美味《おい》しいわよ」

魔物たちの意識が自分に引き寄せられたことを確認すると、コーデリアは踵《きびす》を返し走り出す。

なんとか町の外まで、この魔物たちを誘き寄せたい。そして町を囲む外壁の外門を閉じることができれば、この町の人々は助かるかもしれない。

ちらりと振り返れば、魔物たちは群をなし、興奮した様子でコーデリアを追いかけていた。

遠くで解放された子供が、泣きながらも立ち上がり、必死に逃げ出す姿が見える。

（よかった……）

かつて『生贄の家』と呼ばれていた、魔力を持つ子供達だけを集めた特殊な施設。コーデリアがそこから出て、早六年。

（結局『生贄』に戻っちゃったわね……）

これまで魔力を隠し、ごく普通の人間として生きてきたのに。

まさかここにきて、生贄としての役割を全うすることになるなんて思わなかった。

（頑張れ、私……！）

喉の奥から血の味がする。足が縺《もつ》れる。すぐ背後から魔物の激しい息遣いが聞こえる。まるで己の死が近づいてくるようだ。

ああ、このままでは町の外へ出る前に、追いつかれて食われてしまう。

せっかく命を擲《なげう》ったのに、間に合わないかもしれない。

（あともう少しなのに……！）

そう、いつだってコーデリアは考えが足りないのだ。よく親友からも怒られていた。

『どうしてコーディは、いつもそう考えなしなんだ！』

親友の怒る声を思い出して、だって仕方がないじゃない、とコーデリアは思わず苦笑いする。

本当は怖くてたまらないのに、その時になると頭で考えるよりも先に、勝手に体が動いてしまうのだから。

（でもね、メルちゃん。私、こんな自分が嫌いじゃないのよ）

あの子を見捨てて生き延びても、どうせ自分はきっと、生涯後悔し続けると思うから。

命を失うはずだったあの日から、コーデリアはいつ死んでも悔いのないように生きると決めている。

コーデリアの質素なワンピースの裾に、とうとう魔物の牙が掛かった。

そのまま引きずり倒され、コーデリアの体が地面に転がる。

そして魔物に乗り上げられ、肩口に深々と噛《か》みつかれた。鋭い牙が肌と肉を破く酷《ひど》い痛みがコーデリアを襲う。

（――流石《さすが》にこれは死んじゃうかも）

痛みには慣れている。けれども流石に死を意識するほどの大怪我《おおけが》は久しぶりだ。

まあ、いつ死んでもいいと思っていた。ただその時が来たというだけのことだ。

もう少しで町の外だったのになあ、と。それだけを悔しく思いながら、コーデリアが空を見上げたところで。

「――――え？」

日が落ちかけて藍色になった空から、炎でできた矢が無数に降り注いだ。

――まるで、流星のように。

（なんて綺麗《きれい》なのかしら……）

まさか死の瞬間に、こんな美しいものが見られるとは思わなかった。

そのあまりに幻想的な光景に見惚《みと》れながら、生きたまま体を食われる激痛の中でコーデリアはそんなことを思う。

そしてそれを眼裏《まなうら》に焼き付けようと、そのまま目を閉じようとして。

それらの矢によってコーデリアの周囲にいた魔物たちが次々と撃ち抜かれ、焼き尽くされる姿に、閉じかけた目を大きく見開いた。

「――――ええ？」

一体何が起こっているのかと、コーデリアは驚き混乱する。

そしてコーデリアにのし掛かっていた狼型の魔物が、キャインッと情けない声を上げて突然目の前から消えた。

「痛っ……！」

どうやら魔物は、横から何者かに蹴り飛ばされたらしい。

その際に魔物の牙に肩の皮膚と肉をごっそりと抉《えぐ》られ、あまりの激痛にコーデリアは呻《うめ》く。

「おい！　コーディ！　何を勝手に死のうとしてやがる……！」

それから頭から降ってきた怒りに満ちた低い声に、コーデリアは驚き俯《うつむ》けていた顔を上げ、目を瞬かせた。

目の前にいるのは、ツンツンと跳ねる銀の髪に、赤を基調として様々な色が混じり合う、蛋白石《オパール》のような目をした美しい青年だった。

どうやら彼が先ほどの炎の矢を降らせ、コーデリアの体にのしかかっていた魔物を蹴り飛ばし、助けてくれた救い主であるようだ。

(町の人……、じゃないわね。こんな綺麗な人見たことがないもの。——でもそれなら、何故《なぜ》私の名前を知っているのかしら)

しかも気安く愛称呼びである。おそらくはかつての知り合いなのだろう。

だがすぐには思い出せずに、コーデリアは傷を負った肩を手で押さえながら、彼の目をじっと見つめた。

やはり美しい色だ。ずっといつまでも見ていられるような、複雑な色。

すると彼はわずかに頬《ほお》を赤らめ、照れたようにそっぽを向く。

コーデリアはその仕草に、見覚えがあった。

生意気で、捻《ひね》くれていて、けれども案外照れ屋でとても優しい、大切な大切な親友。

(ま、まさか……!)

「その髪、その目、その照れ方。……もしかしてあなた、メルちゃんなの……?」

コーデリアの恐る恐るの問いに、彼の顔がさらに赤く染まった。

「だ、誰がメルちゃんだ、誰が!」

確かにその呼び名は、立派な成人男性である彼にはそぐわないだろう。

だがそれは仕方がないとコーデリアは思う。——何故ならば。

「メルちゃん、本当は男の子だったの……!?」

コーデリアは彼のことを、ずっと同性だと思い込んでいたのだから。

すると彼は目を見開き、愕然《がくぜん》とした顔をする。

「お、俺は生まれた時から男だっつーの！　っていうかお前、今頃気づいたのかよ……！」

何やら随分と衝撃を受けているようだ。ぷるぷると怒りで彼の体が小さく震えている。

だがコーデリアは、それどころではなかった。

もちろん彼が男性であったことは驚いた。

だがそんなことよりも、六年間一度も会えていなかった、そしてずっと会いたかった大好きな親友が目の前にいるのだ。

「メルちゃん……！」

未《いま》だ衝撃を受け続けているらしい彼に、コーデリアは子供の頃のようにぴょんと飛び付いた。

腕を彼の逞《たくま》しい首に回し、脚を胴に絡めて、まるで木にしがみつく小動物のように。

「ちょ、ま……！　うわぁ柔らか……しかもいい匂い……じゃなくて！」

彼は突然襲いかかってきた柔らかな感触と甘やかな匂いに固まり、顔を真っ赤にして手をわきわきとさせている。

「何やってんだよ！　もう俺ら子供じゃないんだぞ！」

「本当にメルちゃんだ……！　生きててよかったぁ……！」

この世界には魔物が蔓延っていて、あまりにも人の死が身近で。

だからこそこうして生きて再び会えたことが、コーデリアは嬉しくてたまらない。

「だからいい加減その『メルちゃん』呼びはやめろって！　俺の名前はメルヴィンだ！」

胸元に顔をごりごりと擦り付けて、えぐえぐと泣きじゃくるコーデリアに、メルちゃん、もといメルヴィンは一つ大きく息を吐くと、彼女の背中に手を回し、抱き締め返す。

「そして、助けてくれて、ありがとう」

「今頃かよ。相変わらずだな、お前は」

親友のメルヴィンに再会できたことが嬉しすぎて、つい先程まで命の危機に直面していたことなどコーデリアの頭から吹き飛んでいた。

そんな彼女に、メルヴィンは呆《あき》れたように肩を竦《すく》める。

「肩は……ああ、それも相変わらずなんだな」

先程まで大怪我を負っていたはずのコーデリアの肩は、すでに抉られた肉が盛り上がり始めていた。

おそらく今日中には、跡形もなく消えてしまうだろう。

コーデリアの持つ魔力は、治癒に特化していた。特に自己修復能力が凄《すさ》まじい。

多少の怪我ならば瞬く間に治ってしまうため、コーデリアは自分が傷つくことに抵抗がなく、他人の身代わりになることにも躊躇《ちゅうちょ》がない。

だから同じ施設の子供たちが大人たちに暴力を振られそうになる度に、よく代わりに殴られていたのだった。

「……本当に腹立たしい」

メルヴィンに苦々しく吐き捨てられ、コーデリアは思わず身を固くする。

メルヴィンは昔から、コーデリアが傷つくことを酷く嫌がるのだ。

そのことをコーデリアは不思議に思う。――だって、どうせすぐに治ってしまうのに。

「それにしてもメルちゃん……。随分と変わったのね」

コーデリアはようやくメルヴィンにしがみついていた腕を解き、目を細めて彼を上から下までしみじみとじっくり眺めた。

かつて共に施設で過ごしていた頃の彼は、銀の髪を膝裏まで伸びっぱなしにしており、栄養不足のせいで真っ白な肌に華奢《きゃしゃ》な体をしていて、さらに美しく可憐《かれん》な顔立ちをしていた。

たまに笑ってくれると小さな八重歯が珊瑚《さんご》色の唇からチラリと見えて、それはもう可愛かった。

だからコーデリアは彼のことを、勝手に自分と同じ女の子だと思い込んでいたのだ。

だって当時はどこからどう見ても、愛らしい美少女であったので。

だが現在の彼は見上げるほどに大きく筋肉質な体をしており、柔らかな輪郭は失われ精悍《せいかん》な顔立ちになっている。

髪も短く切っており、今や彼を女性的だと思う人間はいないだろう。

どこからどう見ても、凛々《りり》しい美青年である。

（昔はあんなに可愛かったのに……！）

コーデリアは心の中で、失われてしまったものを少々惜しんだ。

「……お前はちっとも変わらないな」

メルヴィンもまたコーデリアの姿を上から下までしみじみと眺めて、目を細めた。

失礼な、とコーデリアは唇をわずかに尖《とが》らせる。

彼と離れ離れになったのは、十三歳の時であり、六年も前のことだ。

今のコーデリアは、十九歳の花も恥じらう乙女である。

まあ、確かに童顔ではあるし、体の凹凸が控えめであることも否めないし、身長も十三歳の頃からほとんど伸びていないが。

（私だってもっと成長する予定だったのに……！）

メルヴィンの劇的な変化を伴う成長が羨ましい。

コーデリアだってもう少し成長したかった。身長や胸などは特に。

「とりあえず、この町にいる魔物を駆逐してくる」

「え……？　だ、大丈夫なの？」

魔物を殺すのは難しい。彼らの毛皮は時に鋼鉄の剣すら弾くのだから。

「ああ、大丈夫だ。すぐに片付けるから、コーディはここで待ってろ」

そしてメルヴィンは口の中で何かを呟《つぶや》いた。するとコーデリアの足元を中心に、地面にうっすらと左右対称の美しい光の紋様が浮かび上がる。

「今、お前の周囲に結界を張った。その光の輪から出るなよ。その中にいる限り、魔物は襲ってこないから」

「え？　そんなことができるの？」

「ああ。いいか、絶対に出るなよ」

メルヴィンは念を押すと、名残惜しそうにコーデリアをじっと見つめてから、その場を立ち去った。

しばらくするとそこら中に荒ぶる精霊が溢《あふ》れかえり、火柱が立ち風が吹き水が噴き地響きが轟《とどろ》き、そして次々に魔物の断末魔の声が聞こえてきた。

（――一体どうなっているの……？）

コーデリアが怯《おび》えつつも言われるまま光の輪の中に立って待っていると、さしたる時間もおかずに血まみれになったメルヴィンが戻ってきた。

すぐに帰ってくると言ったその言葉に、嘘《うそ》はなかったらしい。

だがコーデリアはその姿に思わず悲鳴を上げ、彼の元へと駆け寄った。

「め、メルちゃん……！　大変！　怪我が……！」

「だからいい加減にメルヴィンって呼べって。ほとんどが返り血だ。心配ない」

ぶっきらぼうにそう言われるが、彼の右頬にはざっくりと傷が走っている。おそらく魔物の爪に抉られたのだろう。

コーデリアは指を伸ばし、躊躇なくその傷に触れ、己の魔力を流し込む。

すると少しずつだが明らかにメルヴィンの傷が癒え、乾いていく。

コーデリアの治癒能力は、自分に対するほどの効力ではないが、他人に使用することもできる。

指先で患部に触れ、己の体の中を流れる魔力を注いでやるだけで、その傷の治りが一気に加速するのだ。

「……もったいないな」

「え？　何か？」

「魔力の使い方だよ。コーディはただ魔力を垂れ流しているだけで、無駄が多い」

「え？　そうなの？」

「俺は『魔力』を使う『方法』、つまりは『魔法』を構築した。精霊の力を借り、魔力を効率良く、最大限の効果で使うことができるように」

そんなことができるのかと、コーデリアは驚く。

コーデリアもなんとなく精霊の存在を感じることができるが、彼らを使役するなど考えたこともなかった。

「そうしたら私の魔力で、沢山の人を治療できるかしら？」

もしその『魔法』というものを自分も覚えることができたら、もっと効率よく診療所に来る患者を治すことができるかもしれない。

もちろん『魔力持ち』であることは露見するわけにはいかないので、表立ってはできないだろうが。

コーデリアが目を輝かせてメルヴィンの目を覗《のぞ》き込めば、彼は眉間に皺《しわ》を寄せ、心底嫌そうな顔をした。何故だ。

「とりあえず私、診察所に戻らないと。先生も心配してるだろうから――って、ええ!?」

まずは雇い主であるクラークを安心させねばと、コーデリアが診察所へ向かって歩き出そうとしたところで、突然メルヴィンがひょいと彼女を肩に担ぎ上げた。

「ちょ、ちょっと！　メルちゃん？　いきなり何するの……!?」

「違う。さっきから何度も言っているが、俺の名はメルヴィンだ」

どうやらメルヴィンは、コーデリアに『メルちゃん』と呼ばれることが、相当嫌であるらしい。

確かに立派な成人男性が『ちゃん』付けで呼ばれるのは、恥ずかしいだろう。

だが申し訳ないが、そう簡単に切り替えができないのだ。

コーデリアはわずかに唇を尖らせた。

「わかったわ。できるだけ気をつける。ごめんなさいね、メルヴィン。……それで一体どうしたの？　下ろしてちょうだい」

「――いやだ。お前は今日ここで、死んだことにする」

「…………は？」

幼馴染兼親友が、突如として訳のわからないことを言い出して、コーデリアは困ってしまった。

「お前はこのまま王都の俺の家へ連れて行く。……これ以上引き離されてたまるか」

どうやら彼は、本気でコーデリアを家に帰さないつもりらしい。

普段呑気《のんき》なコーデリアも、流石に慌てた。

「そんなわけにはいかないわ。私にも仕事や生活があるのよ」

魔力持ちである上に孤児の自分が、せっかく得られたこれ以上ないほどの素晴らしい生活基盤なのだ。簡単に失うわけにはいかない。

それにもしここから移住するにしても、少なくともクラークには報告相談してからでなければ。

先ほど彼の制止を振り切って診療所から出てきてしまったのだ。きっと今頃酷く心配してい

るだろう。

するとそれを聞いたメルヴィンの眉間に、深い皺が刻まれる。

「なあ、コーディ。たった今お前は、俺に命を助けられたよな」

そして当たり前のことを聞いてくるので、コーデリアは「そうね」と頷《うなず》く。

「俺がここに来なければ、お前は間違いなく死んでいたよな」

確かにメルヴィンがいなければ、今頃自分は魔物に食われ死んでいただろう。

だからコーデリアは、やはり「そうね」と頷く。

「つまりこれから先のお前の命は俺のもの、ってことでいいよな」

「そう……いや、なんで？」

そうしてメルヴィンから突きつけられた結論が、明らかにおかしい。

もちろん命を救ってもらったことはありがたいし感謝しているが、何故それでコーデリアの命がメルヴィンの所有物になるのか。

全く理解ができず、コーデリアは首を傾《かし》げた。

「だって、あのままならお前はここで死ぬはずだったんだぞ。それが俺のおかげで今も生きながらえているわけだろう？」

「それはそうかもしれないけど」

「だったらお前の残りの人生は、全て俺がもらっていいはずだ。なんせ元々ないはずのものなんだから」

「そう……なの？」

「そうだ」

メルヴィンの腹に響く低く甘い声で言い切られてしまうと、なにやら確かにそんな気がしてきてしまう。

そして彼を前にして、気の弱いコーデリアは言い返すことができなかった。

確かにメルヴィンがいなければ自分は死んでいた。それは間違いのない事実だ。

だが、だからといって自分の今後の人生を、全て彼に委ねてしまっても良いものなのか。

「今日からお前の全ては、俺のものだ」

だからもう勝手に命を投げ出すような真似《まね》はするなよ、と。そう言って明るく笑ったメルヴィンの顔が、その口元からのぞく八重歯が、何やら懐かしくて可愛くてたまらなくて。

胸がきゅうっと締め付けられてしまったコーデリアは、思わず彼の言葉に素直に頷いてしまったのだった。

第一章　農場

そこは、農場《ファーム》だった。

魔力を持った子供を集め、飼育し、いずれは魔物の生贄《エサ》として出荷するための。

コーデリアが家族に捨てられ、裏で密《ひそ》かに『生贄の家』と呼ばれているその施設に入ったのは、十二歳の時のことだ。

コーデリアは元々ファルコーネ王国のとある商業都市で、比較的裕福な商家の長女として生まれた。

漆黒の髪に深い藍色の目、真っ白な肌。そして幼げな愛らしい顔立ち。

そんな庇護《ひご》欲を掻《か》き立《た》てるような容姿もあって、誰もがコーデリアを愛し大切にしてくれた。

初めての娘を溺愛する両親によって、貴族でもないのに高度な教育までも与えられた。

当時の自分は、間違いなく世界でも有数の幸せな子供だったとコーデリアは思っている。

——そう、住んでいた街が魔物に襲われた、あの日までは。

その商業都市は、その周りをぐるりと高い壁に囲まれ、守られていた。

よって地上に生きる魔物は、そう易々《やすやす》と入り込むことができなかった。

だがそんな街に、突如として飛行型の魔物の群れが襲いかかってきたのだ。

街中が阿鼻叫喚《あびきょうかん》の有様となった。老若男女、貧富の差にかかわらず、人間たちは魔物に食い荒らされた。

コーデリアの住む屋敷にも、魔物は入り込んできた。

家族は慌てて屋敷の敷地内にある、地下に造られた避難所《シェルター》へと向かった。

コーデリアもまた可愛がっていた一番下の小さな弟の手を引き、必死に走った。

だがその避難途中で、コーデリアと弟を目掛け、空から蝙蝠《こうもり》のような形の魔物が襲いかかってきたのだ。

そのことに一番早く気付いたのは、コーデリアだった。

そしてそれを認識した瞬間に、彼女の体は勝手に動いていた。

小さな弟を深く胸に抱き込んで庇《かば》い、その背に魔物の爪を深く受けたのだ。

肉を抉られたコーデリアに激痛が襲いかかったが、魔物が一度空へ戻った隙に、死への恐怖からなんとか必死に立ち上がった。

そこを慌てて戻ってきた父に弟と共に抱き上げられ、なんとか地下避難所の中に逃げ込むことができたのだ。

光のほとんどない地下で、魔物たちが目につく獲物を食い尽くし引き上げるまで、家族は肩を寄せ合い励ましあって時を過ごした。

「コーディ、コーディ……。どうか死なないでおくれ」

深い傷を負ったコーデリアを、父も母も兄弟も泣いて心配してくれた。

一日が経《た》ち、二日が経ち、三日が経って。ようやく外から魔物の声が聞こえなくなって。

家族は、恐る恐るながらも地下避難所から外に出た。

久しぶりに明るい場所へ出た家族は、何よりも先にと傷を負ったコーデリアの背中を見て、それから言葉を失くした。

「……どういうことなの……？」

母が血の気の引いた顔で、乾いた声を漏らす。

「大丈夫よ。もう全然痛くないわ。お母様」

コーデリアは母を安心させようとして、笑ってそう言った。

だがそれを聞いた母の顔色は、更に白くなってしまった。

痛くないのは当たり前だ。魔物の爪で引き裂かれたはずのコーデリアの背中から、あるはずの傷が綺麗になくなっていたのだから。

一方で無惨に引き裂かれた服には、間違いなく深い傷を負ったことを示す大量の血痕がついていた。

それなのに、その下はつるりとした傷一つない真っ白な肌。

それはつまり、コーデリアが命に関わるような深い傷を、たったの三日で跡形もなく完治させたということで。

コーデリアは、良家のお嬢様だった。

生まれた時から両親や使用人に見守られ、蝶《ちょう》よ花《はな》よと大事に大事に育てられてきた。

そのためこれまで、一度たりとも大きな怪我をしたことがなかった。

だから誰もコーデリアの能力に気付いていなかったのだ。

「……化け物」

すぐ下の弟が、そう呟いた。彼の目はすでに、姉に向けるものではなかった。

こうしてコーデリアは、人間として異常な力である『魔力』を持っていることが発覚した。

娘が助かったことを喜ぶよりも先に、コーデリアの家族は恐怖に震え、戦慄した。

『魔力持ち』は遺伝することが知られていた。

つまりコーデリアが『魔力持ち』であるならば、すなわち家族もまた『魔力持ち』であると周囲から見做《みな》されてしまう恐れがあった。

そして『魔力持ち』は不吉であると、人々は恐れ蔑んでいる。

かつてたった一人の『魔力持ち』によって、人々を襲う魔物が生み出されたのだという。

さらにたった一人の『魔力持ち』によって、多くの国々が水の底へと沈んだのだという。

それらの歴史から『魔力持ち』は、この世界を滅ぼす忌むべき存在であるとされてきたのだ。

そうしてコーデリアはこの日、魔物襲撃で『死んだ』ことになった。

魔物に食われたくさんの人々が命を落としたために、死を偽装することは容易《たやす》かった。

コーデリアが魔力持ちであることが周囲に知れたら、家族もどうなるかわからない。

よって彼女を屋敷の奥に隠し、その存在自体を抹消することを家族は選んだのだ。

『——そのまま死んでいればよかったのに』

それまで優しかった家族は嘘のように、そんな彼女を疎み、蔑むようになった。

家族の誰もが、コーデリアの死を望んでいた。

コーデリアが身を投げ出して助けた、幼い弟までも。

そんな中、唯一母だけがコーデリアを哀れみ抱きしめて、そんな体に産んでしまってごめんなさいと、繰り返し詫《わ》びて泣いた。

コーデリアは自分が家族にとって、災厄でしかないのだと悟った。

「……もうこれ以上お前を家に置いてはおけない」

だから父に苦々しい顔でそう言われたとき、ああ、来る時がきたのだと思った。

父の目に、少し前まで確かに自分に向けられていた愛情は、もう欠片《かけら》も見当たらなかった。

そしてコーデリアは、閉じ込められていた部屋から父によって連れ出された。

「隣街に魔力持ちを引き取ってくれる施設があるらしい。お前はこれからそこに行くんだ」

必要最低限の荷物だけ持たされ、馬車に乗せられて連れて行かれたのは、隣街の外れにある、混凝土《コンクリート》で作られた、廃墟《はいきょ》のような巨大な建物の前だった。

その周囲は高い外壁に囲まれており、中を窺《うかが》い見ることはできない。

「――すまない。コーディ」

コーデリアを一人降ろすと、父を乗せたままの馬車はあっという間に家族の住む街の方へと走り去っていった。

（ああ、とうとう捨てられてしまった……）

遠ざかっていく馬車がすっかり見えなくなったところで、コーデリアはその場にしゃがみ込み、ただ絶望の涙を流した。

父は、コーデリア以外の家族を守ることを選んだのだ。

父の口から最後に漏れた詫びは、かろうじて残っていた彼の罪悪感によるものなのだろう。

自分が切り捨てられたのは順当である。

何しろコーデリア一人がいなくなることで、家族は助かるのだから。

仕方がない。仕方がないのだ。

コーデリアは何度も自分に言い聞かせる。

だが、そうは分かってはいても、涙は止まらなかった。

(――やっぱりあの時、死んでいればよかったんだわ)

そうしたら家族は皆コーデリアの死を悼み、涙を流してくれただろうに。

しばらくその場で泣き続けていると、ふと目の前が翳《かげ》った。

もしや父が戻ってきてくれたのか、と淡い期待を持って顔を上げてみれば。

目の前にいたのは父ではなく、大きな麻袋を背負った人相の悪い男二人だった。

「なんだ。また魔力持ちが捨てられたのか」

「この前一人使っちまったからな。ちょうど良かった」

声をかけられたコーデリアは、恐怖に震える。

彼らの話を聞くに、確かにここは、魔力持ちの子供の収容施設であるらしい。

――だが『使った』とは、一体どういう意味なのか。

「ほら、こっちに来い」

施設を取り囲む外壁には小さな鉄製の扉があり、男たちはその鍵を開けるとコーデリアの手を引っ張って中に連れ込んだ。

引《ひ》き摺《ず》られるようにしてコーデリアは扉を抜け、そこにある混凝土《コンクリート》の大きな建物へと入る。

すると中に入った瞬間に、耐え難《がた》い饐《す》えた臭いが鼻をついた。

それから言葉にならない、獣のような甲高い声が耳に響く。

「おら、お前ら、飯だぞ」

男の声に、汚らしい格好をした子供たちが、一斉にわらわらとこちらに集まってきた。

それが不快だったのだろう。男たちは面倒そうに麻袋の中身をその場の床にぶちまける。

子供たちの食事と思われるその中身は、硬くなったパンや野菜の切れ端など、コーデリアの目にはどう見ても残飯にしか見えなかった。

不衛生な床に撒《ま》かれた食料に子供たちは群がり、奪い合いながら、手掴《てづか》みで口に運ぶ。

その異様な光景に、コーデリアの足が震える。

間違いなく見た目は人間の子供なのに、まるで理性のない獣のようだ。

どうすればいいのかわからないままコーデリアが呆然《ぼうぜん》と立ち尽くしていると、男たちはこれ以上一秒たりともここにいたくないとばかりに、そそくさとその場から立ち去った。

男二人が出て行ってすぐに外壁の門が閉められ、鍵が落とされた音がした。

魔力持ちの子供たちが、この施設の敷地内から逃げられないよう、閉じ込めているのだろう。

――魔力持ちは、危険だから。この世界に災いを呼ぶ存在だから。

ぶちまけられた食料はあっという間になくなって、虫が這《は》う不衛生な床まで舐《な》めとった子供たちは、また散り散りになる。

（ここは、捨てられた魔力持ちの子供たちのための施設なのよね……）

あまりにも悲惨な環境ではあるが、つまりは孤児院のようなものだろうか。

そしてコーデリアも、今日からここの一員となったということで。

その事実に寒気を覚え、コーデリアの体が震えた。

とてもではないが、ここは人間の住むような場所ではない。

おそらく先ほどの男性二人は、家畜に餌を与えるように、子供たちに食事を与えるだけの存在なのだろう。

そして子供たちは大人からまともな養育を受けることなく、ここに閉じ込められているのだ。

そのせいで子供たちは、まるで獣のようになってしまったのだろう。

魔力があると発覚するまでは、真っ当に教育を受けて大切に育てられたコーデリアにとって、それは信じられない惨状であった。

(……どうしよう)

とてもではないが、ここで生きていける気がしない。

やはりいっそのこと、死んでしまった方がいいのではないだろうか。

「――おまえ、新入り?」

衝撃のあまり呆然としているコーデリアに、突然声が掛けられた。

鈴の音のような、可愛らしい声だ。キイキイと金切り声を上げるだけの他の子供たちとは違い、辿々《たどたど》しい発音ながらも、はっきりと聞き取れる言葉。

コーデリアは、驚き振り向いて、声の主を見てさらに驚いた。

（わあ！　なんてきれいなの……！）

そこにいたのは、痩せて薄汚れてはいるものの、まるで天使のように美しい一人の子供だった。

年は自分より少し下くらいだろうか。膝裏まである伸びっぱなしの真《ま》っ直《す》ぐな髪は銀。

その髪の隙間から見える目は、赤を基調に色々な色が複雑に混じり合っている。

まるで母のお気に入りの首飾りに付いていた、蛋白石《オパール》のような色合いだ。

顔は完璧に左右対称で、そのすべてが非の打ちどころなく美しい。

「……おい、おまえ。黙ってないで何か言って」

その可憐な姿にそぐわぬどこか不躾《ぶしつけ》な物言いは、あの二人の男たちからの影響だろうか。

不機嫌そうに眉を顰《ひそ》められ、コーデリアは慌てて背筋を伸ばし、家庭教師に習ったとおりにワンピースの裾を摘んで腰を屈《かが》めて綺麗に挨拶をした。

「初めまして。コーデリアと申します」

するとその銀色の子供は、驚いたように目を見開いた。

様々な色が踊る大きく見開かれた目が、なんとも美しくて。

コーデリアは思わずその目を覗き込み、見惚れてしまった。

「……おまえ、なんでそんなにじろじろ見る？」

「あ、ごめんなさい。あなたの目がとても綺麗で」

「……は？」

素っ頓狂な声を上げられ、コーデリアは怯えて小さく跳ねる。

自分は今、この子を不快にさせるようなおかしなことを言ってしまっただろうか。

だが慌ててそっぽを向いた際に見えた、その子の形の良い耳が、ほんのりと赤くなっていて。

（……なんだ。照れているだけね）

コーデリアは少しほっこりした。どうやら思ったよりも照れ屋さんであるらしい。

周囲の子供達とは違う、理知的な人物の出現に、コーデリアの心は高揚していた。

一人でも言葉が通じる相手がいれば、なんとかなる気がする。

「ねえ、あなたのお名前は？」

「…………メル」

長い沈黙の後に勿体《もったい》ぶったように教えられた、思いの外可愛らしい名前に、コーデリアは思わずわずかに顔を綻ばせる。

「メルちゃんね！　私のことはコーディって呼んでちょうだい」

かつて街で共に遊んでいた年の近い同性の友人達に対するように、コーデリアは気安くメルの名を呼んで、自らの愛称も呼ばせようとした。

関係を近づけたいときは、繰り返し名前を呼び合うのが効果的であると、かつて商人の父が言っていたからだ。

なんとしてもコーデリアは、メルと友達になりたかった。

ここで生きていかなくてはならないのならば、先住者と仲良く過ごせた方が絶対にいい。味方は多ければ多いほど良いものだと、これまた父が言っていたのだ。

メルはほんの少し不快げに眉を顰めたが、それ以上は何も言わなかった。

よってコーデリアは、それをもって許可を得たことにした。

「……コーディも魔力を持ってるせいで、ここに捨てられたのか？」

するとメルは、すぐに名前を呼んでくれた。案外素直で優しい子だと、コーデリアの頬が緩む。

「ええ、そうよ」

「……そんなにきれいなのに？」

メルが小首を傾げて、不思議そうに聞いてくる。

その真っ直ぐなくもりなき蛋白石色の目に、思わずコーデリアの心臓が跳ねたが、それはおそらく彼女自身ではなく、身につけている服のことだろう。

ここにいるぼろ布を被っただけのような服の子供たちとは違い、コーデリアは袖に刺繍《ししゅう》がほどこされ、裾にはレースが縫い付けられた、質の良いワンピースを着ていた。

それは確かにこれまで自分が家族に愛され、大切にされていたという証拠だろう。――だがそれでも。

「……うん。捨てられちゃったの」

魔力持ちとわかったら、捨てられてしまった。

コーデリアの答えに、メルはその銀色の眉を顰め、苦々しい表情を浮かべた。

きっとここにいる子供たち全員が、似たような身の上なのだろう。

コーデリアはこれ以上自分を憐れむことをやめ、未だ滲《にじ》んだ目元を手で拭い、何とか顔を微笑みの形にした。

「……コーディは、変だ。ここにきた子供は、普通もっと泣き叫ぶのに」

するとメルは不思議そうに首を傾げる。きっとメル自身もそうだったのだろう。

メルが捨てられた時の心情を思い、コーデリアの胸が痛んだ。

「そうね……でももうずっと長い間、家の奥に閉じ込められていたから」

自分はいずれ、殺されるか捨てられるかするのだろうと、とうに覚悟はできていた。

平気なのではなく、すでに諦めがついていただけだった。ただ、来るべき時が来ただけのことだ。

(殺されなかっただけ、良かったと思いましょう)

両親は長年娘として可愛がっていたコーデリアを、どうしても自ら手にかけることはできなかったようだ。

それだけでもありがたいと思うべきなのだろう。

魔力持ちは本来、露見した時点ですぐに殺されてもおかしくないのだから。

(つまり私はもう、一度死んだようなものなのよね)

もはや自分は人に、そして家族に死を願われるような存在である。

だったらまたいつ死んでもいいように、悔いなく生きよう。死ぬ気で生きよう。

どうせ嘆いていても、何も変わらないし何も救われないのだから。

だったら足元から、少しずつでもできることをしたほうがいい。

(そうね。そうしましょう)

死ぬ気になれば、案外人はなんでもできるものである。

しかもコーデリアは、実際にそのまま死んでも一向に構わないと思っているから尚更《なおさら》だ。

コーデリアは生来、非常に前向き、かつ楽天的な性格をしていた。

そのため幼くして与えられた深い絶望を、斜め横の方向に昇華した。

周囲を見渡せば、子供たちは相変わらず金切り声を上げながらも、戯れ合い楽しそうに遊んでいる。

コーデリアはそんな彼らを、目を細めて見つめた。

「ねえ、メルちゃん。ここでの生活の仕方を教えてほしいの」

「……毎日与えられた餌を食べて、ただ息をしていればいい」

「それだけ？」

「うん。メルたちに求められているのは、それだけ」

メルの一人称が自分の名前であることが、何とも可愛い。

コーデリアも少し前まで自分のことをコーディと呼んでいて、その度にもう大きいのだからそろそろ直しなさいと母に嗜められたものだった。

「どうせそのうち、メルたちはみんな死ぬから」

「…………」

暗い目をしたメルの言葉に、何故そんな悲観的なのかと、コーデリアは驚く。

確かに人間は、早かれ遅かれいずれ死ぬものだが。

(どうして、みんな死ぬなんて言うのかしら)

外壁にある門の向こうには大人の門番がいるが、施設の中は、子供たちしかいない
与えられる食料も最低限、衛生状況も劣悪。

室内には大小様々な虫たちが、一緒に住み着いているような有様だ。

確かにこの環境では、まだ幼い子供たちが長くは生きられないのはわかる。

おそらく皆、大人になる前に体を壊して儚《はかな》くなってしまうのだろう。

それを考えると、コーデリアの胸が、ひどく痛んだ。

「……ねえ、メルちゃんはいつからここにいるの？」

「……メルは、ここに一番長くいる」

どうやら時間の概念すらも、あやふやのようだ。
教育を与えられないどころか、世話すらまともにされていないのだから仕方がない。
この施設の子供たちは本当に、ただ『生かされている』だけなのだ。
——下手をすれば、家畜以下の扱いで。
（このままじゃいけないわ）
人はパンのみに生きるにあらず、と。これまたかつて商人である父は言った。
人間は、ただ生きているだけではだめなのだと。人生には、意味が必要なのだと。
やたら己の方針《ポリシー》を口にする父であった。口だけのことも多い人だった。
だが、確かにその言葉は正しいとコーデリアは思う。
与えられた環境を、諾々と受け入れるだけではダメだ。
もう家には帰れない。だったらこの場所を、できるだけ居心地良くするしかない。
（——何とかしなくっちゃ）
コーデリアの胸に、闘志が湧いた。そしてその小さな頭で、必死に思考を巡らせる。
周囲を見るに、どうやら自分がここで一番年上であるようだ。
メルはすぐ下の弟くらいの大きさに見えるから、おそらくは十歳前後と思われる。
ならばここは最年長である自分が、先陣を切って皆に働きかけるべきだろう。
これからは人間らしい生活を送ろうではないか、と。

コーデリアは骨の髄まで世話好きな長女気質であり、四人いる弟妹の面倒を自ら進んでみるほどに、子供が好きだった。

そして母に、『コーデリアは偉いわね』『コーデリアのおかげで助かるわ』などと褒められることを至上の喜びとしていた。

だからこそここの子供たちの劣悪な状況を、そのままにはしておけなかった。

そして思い立ったらすぐ行動に移すのは、コーデリアの長所であり、短所でもあった。

どうせ死ぬはずだった命だ。だったらできるだけ有効活用しようではないか。

「ねえ、メルちゃん。まずはここの環境を何とかしましょう。協力してちょうだい」

「……はあ？」

メルは綺麗なその銀色の眉を、片方跳ね上げた。

おそらくメルは、ここの変化を望んではいないのだろう。

「……お願い。メルちゃんしか頼れないの」

胸の前で手を組んで、コーデリアは真っ直ぐにメルの目を見つめた。

何せここで言葉がまともに通じるのは、メルだけしかいないのだ。

それに周囲の子供たちは、メルが手に持っている食料には手を出してこない。

おそらくメルは、ここの子供達の頭《ボス》のような存在なのだろう。

だったらメルを通せば、他の子供達にも指示が通るかもしれない。

子供とはいえ、これだけの人手があるのだ。指示次第でなんとかできるはずだ。

「……わかった。メルは、どうすればいい？」

不本意さを隠さずに一つ深いため息を吐いて、それでもメルはコーデリアのお願いを受け入れてくれた。

「ここにいる皆の体を、綺麗に洗いたいの」

そしてコーデリアは最初に、この施設の衛生状態の向上を目指すことにした。

子供たちは皆、垢《あか》がこびりつきひどい臭いがしており、その肌には蠅《はえ》が集《たか》っていた。

正直直視するに耐えない有様だ。

お嬢様育ちのコーデリアは綺麗好きであり、それだけはどうしても耐えられなかった。

幸いにも施設の敷地内には井戸があり、水には困らない。

だったら一気に、子供たちを丸洗いにしてしまおうと考えたのだ。

そしてコーデリアはその日一日かけて、メルの指示で並んだ十人ほどいる子供たちを、全員せっせとボロ布で擦り、洗い上げた。

子供たちは自分たちの体を一生懸命洗うコーデリアを、不思議そうな顔で見ている。

嫌がるそぶりを見せないあたりは、非常にありがたかった。

ちなみにコーデリアはメルのことも洗おうとしたが、自分でやると断固拒否された。

確かに年齢的に恥ずかしいかと、コーデリアもそれ以上手出しはしなかった。

そもそも他の子と違い、メルは最初からそれほど汚れていない。

コーデリアがここに来る前から、自分の体を適宜洗っていたのだろう。

ただその長い伸びっぱなしの銀の髪は、編ませてもらった。

洗いざらしのまま全く手入れをされていないのに、メルの髪はコシがあって硬く、艶《つや》やかだった。

毎日妹の髪を梳《す》いて結ってやっていた頃が懐かしい。

魔力があることが判明してから、コーデリアは家族との触れ合いを一切なくしてしまった。

誰もがコーデリアを避け、触れようとはしなかった。

だからこうして他人に触れること自体が、随分と久しぶりだった。

何やら楽しくなってきてしまったコーデリアは、メルの髪を編みながら、小さな声で歌を歌い出す。

すると落ち着きがなく周囲を走り回っていた子供たちが、ぴたりと動きを止め、大人しくコーデリアの歌に耳を傾け始めた。

きっと音楽など、これまでほとんど触れずにきたのだろう。喜んでもらえたのなら嬉しい。

上手《うま》くもなければ下手でもないコーデリアの歌に合わせて、少し体を揺らしているところなど、とても可愛い。

「はい、できた！」

そして髪の毛を頭の後ろで一本に編んだメルは、とても可愛らしくて。コーデリアは思わず見惚れてしまった。

不思議そうに三つ編みされた己の髪に触れるメルは、どこから見ても美少女である。

今思えばコーデリアは、一緒の施設で暮らしながらもメルの裸を一度も見たことがなかった。

これでは勘違いするのも仕方がないと思う。

子供たちを洗い終えた後、彼らが着ていたボロ布のような服も洗濯した。

なかなか汚れが取れなくて大変だったが、その様子を見ていた子供たちが見よう見まねで手伝ってくれたので思ったよりも早く終わった。一生懸命な様子が、やはり何とも可愛い。

メル以外の子供たちは羞恥心を持ち合わせていないらしく、元気に裸のまま走り回っている。

暖かい季節で良かったと、洗濯を干しながらコーデリアは笑う。

子供たちのことを、先ほどは獣のようだと思ったが、触れ合ってみたら認識が変わった。

（……みんな普通の良い子たちだわ）

――ただ、魔力を持っているというだけで。何も与えてもらえないというだけで。

コーデリアの弟妹と何ら変わらない、普通の子供。

翌日は皆で施設内の掃除をし、室内の空気を入れ替えた。

もちろん掃除道具などないので、ほとんど素手とぼろ布で行った。

元々それほど広くない空間だ。皆で一日必死になって働けば、それなりに綺麗になった。

そして室内に蔓延っていた虫たちは、子供たちの手によって速やかに駆逐された。

お嬢様育ちのコーデリアは、筋金入りの虫嫌いであった。

悪いが断固として彼らとは共生出来ない。

見える範囲に虫がいなくなったことで、コーデリアの精神は随分と安定した。

昨夜寝ている時に、虫に肌の上を這われた時は、本気で死ぬかと思ったのだ。

子供たちは思ったよりも、指示を聞き取ることができた。

コーデリアが目の前でやってみせれば、素直に同じことを真似してやってくれる。

掃除もまた遊びの一環だと思ったのだろう。皆楽しみながら手伝ってくれる。

「みず！　だせる！」

掃除中、追加でコーデリアが井戸に水を汲《く》みに行こうとしたところで、一人の男の子が叫ぶようにそう言って、魔力で手の内に少量の水を作り出し、床に撒いてくれた。

コーデリアの魔力は彼女自身の体を癒やすという、あまり目に見えぬ地味なものなので、その不思議な現象に思わず目を見開いた。

「すごい……！」

コーデリアが思わず手を叩《たた》き感嘆の声を上げれば、その子は恥ずかしそうに嬉しそうにはにかんだ。

本当に素晴らしい能力だ。何せ井戸まで水を汲みにいく手間が省けるのだから。

コーデリアの小さな体では、やはり水の入った桶《おけ》は重かったのだ。

「助かるわ！　ありがとう！」

コーデリアが大袈裟《おおげさ》に喜び礼を言えば、次々に子供たちが集まってきて、コーデリアに自分の能力を見せびらかした。

火を熾せる子、風を起こせる子、土の形状を変えられる子。

きっと彼らは、誰かに『褒められること』に、『必要とされること』に、飢えていたのだろう。

かつてなんとか大人たちに褒められようと、姉業に精を出していたコーデリアのように。

（――それにしても、本当にすごいわ。みんなのこの力をうまく使えば、随分と生活の助けになるんじゃないかしら）

水を汲むことも、火を熾《おこ》すことも、風を送ることも、土を耕すことも、本来ならば相当な重労働なのだから。

それらを魔力で行うことができれば、負担が随分と減るはずだ。

だがそこでコーデリアはふと、疑問に思った。

明らかに人の助けとなる素晴らしい力なのに、なぜ魔力がこれほどまでに皆に恐れられ、蔑まれているのか。

（むしろこれは神から与えられた、特別な力なのではないかしら……？）

もし魔力が、人がより良く豊かに生きるために与えられた力なのだとしたら。

魔力持ちを迫害している人間たちは、神の意図とは真逆のことをしている、ということになる。

コーデリアが子供たちを褒め、その頭を撫《な》でてやっていると、なぜかメルまでそそくさと隣にやって来て、ほんの少し唇を尖らせた。

「メルだってそれくらいのこと、全部できる」

「あら。そうなの？」

「火だって水だって風だって土だって、全部出せる」

「そうなのね。すごいわ」

本来魔力持ちであっても、全ての精霊から祝福を受けることはできない。火の精霊から愛される人間は水の精霊からは嫌われる。逆もまた然《しか》り。

つまりメルからの申告は、実はとんでもない内容であったのだが、当時そんな知識を持っているわけもないコーデリアは、特に気にも留《とど》めなかった。

きっとメルも褒めてほしかったのだろうと軽く流し、メルの銀色の頭を他の子供たちと同じように優しく撫でてやった。

メルは少し照れたように頬を赤らめ目を細めて、そのうち恥ずかしくなったらしく、ぷいっと横を向いた。

その様子があまりに可愛くて、コーデリアは思わず笑ってしまった。

夕方になると、また男たちが食料を届けにきた。

彼らは見違えるほどに綺麗になった子供たちと施設を見て驚き、それが新入りであるコーデリアの仕業だと気付くと、『大したもんだ』と彼女を褒めた。

おそらく彼らも、あの汚い部屋に入ることに抵抗があったのだろう。

「止まれ」

いつものように子供たちが彼らの持ってきた食料に一斉に群がろうとしたので、コーデリアの指示で、メルがそれを制止する。

子供たちは不思議とメルのことが怖いのか、素直に言うことを聞いてくれる。

一応は、群れとして統率ができているらしい。

「きちんと分配しましょう。ここにいるみんなにちゃんと食事が行き渡るように」

子供たちの体格差が、コーデリアは気になっていたのだ。

おそらく奪い合うせいで、食料にありつける子とありつけない子が出てしまっているのだろう。

兄弟の多い家の長女として生まれ育ち、弟妹の面倒をよくみていたからか。

コーデリアは小さな子供たちがお腹《なか》を空《す》かせていることが、どうしても耐えられなかった。

体格の良い子供たちは不服そうだったが、コーデリアはメルを盾にして、麻袋の中に入っていた食料を、人数や体の大きさに合わせて、公平に分けて与えた。

「へえ、こりゃご立派なもんで」

それを見た男たちが、小馬鹿にしたように笑ったが、コーデリアは無視をした。

偽善であることは百も承知だ。それでもきっと、何もしないよりはずっといい。

コーデリアもまた、ここにきて初めて自分の分の食事を確保した。

他の子供たちのために自分の分は少なめにしようとしたのだが、メルにしっかり適量を押し付けられたのだ。

正直酷い味であったが、空腹であったために、なんとか喉に通すことができた。

（うん！　なんとかなりそうな気がしてきたわ！）

そしてその後もコーデリアは、毎日子供たちの面倒を見続けた。

最初は獣のようだった子供たちが、コーデリアが常にわかりやすい言葉で話しかけたため急激に語彙が増え、指示や規律《ルール》を守ることができるようになり、自らの体や部屋を清潔に保つようになって、随分と人間らしくなっていった。

コーデリアは子供たちの持つ魔力も、積極的に有効活用した。

どうせここにいる全員が魔力持ちであり、自分たちを蔑む目はここにはない。

だったら好きにやらせてもらおうと思ったのだ。

風で埃《ほこり》や塵《ちり》を外へ吹き飛ばしてもらったり、部屋の中を火で温めてもらったり、水を出してもらって体を清めたり、外の土を掘り起こしてもらって小さな畑を作ったり。

そのおかげで施設の環境は格段に良くなり、子供たちも随分と健康的な見た目になった。

生活がある程度整えば、次は教育であるとコーデリアは意気込んだ。

コーデリアは幼い頃から、教育熱心だった両親から複数の家庭教師をつけられていた。

おかげで文字の読み書きや簡単な計算、歴史や地理などの様々な知識と、礼儀作法等の教養を叩《たた》き込《こ》まれていたのだ。

おそらく両親は、コーデリアをできるだけ良い家に嫁がせたかったのだろう。

もしかしたら、貴族の家へ嫁がせることすら考えていたのかもしれない。

残念ながら彼らが娘にかけた期待や希望は、コーデリアが魔力を持っていたことで潰《つい》えてしまったが。

自分が持っているそれらを、コーデリアは惜しみなく子供たちに教えた。

娯楽の全くないこの場所で、彼女から与えられる新たな知識に子供たちは夢中になった。

元々コーデリアは、人に物を教えるのが好きだった。

親元で暮らしていた頃も、よく弟妹相手に先生面をして勉強を教えていたものだ。

子供たちが向けてくれる尊敬の眼差《まなざ》しもまた心地良く、コーデリアが失いかけていた自尊心を優しく慰撫《いぶ》してくれる。

「ねえ、コーディ。もっとおはなしして！」

今日もふわふわした赤い髪に赤い目をした可愛らしい少年が、コーデリアのスカートの裾を引く。

「そうねえ。ルカはどんなお話がいい？」

ルカという名のこの少年は、機嫌を損ねると周囲に火を発生させてしまう困った子だ。

その能力のせいで、親にここへ捨てられてしまったらしい。

そんなルカは、魔力持ちが集められたこの施設も中でも、特に恐れられ避けられていた。

下手に近づくと火傷《やけど》をさせられてしまうのだから、仕方がないことなのかもしれない。

結局彼以上の魔力を持つメル以外、誰も彼に近づかなかった。

コーデリアがここにきたばかりの頃も、ルカはこの施設一の問題児だった。

彼と関わる中で、コーデリア自身も最初の頃は何度か軽い火傷をした。

だがコーデリアは体質上、怪我も火傷もすぐに治ってしまうので、あまり気にならなかった。

『いい加減にしろ』とメルに怒られつつも、コーデリアが火傷を負うのも構わずしつこくルカを追いかけ回し構い続けたところ、最近では情緒が安定してきて、あまり発火させなくなってきた。

それどころかみんなのために冷たい水をぬるいお湯にしてくれたり、寒い日には部屋の中を温めてくれたりと、その能力を使って実によく働いてくれる。

おかげで他の子供達も、ルカをあまり恐れなくなった。そのことがとても嬉しい。

「そうね、それじゃあ今度はこの国の歴史についてお話ししましょうか」

するとコーデリアの周りに、わらわらと子供たちが集まってくる。皆コーデリアの話を聞くのが好きなのだ。

「昔々。なんとこの世界には、魔物が存在していませんでした。世界の全ては人間たちのもので、人々は豊かに暮らしていたのです」

コーデリアが話し始めると、子供たちの目がキラキラと輝きだし、真っ直ぐにこちらを見つめてくる。

「世界を手に入れた人々は驕《おご》り高《たか》ぶり、やがて神の教えを忘れてしまいました。そのことを嘆いた神は、愚かな人間に対し審判を下したのです」

興味がないような顔で壁にもたれかかっているメルも、横目でチラチラとこちらを気にしつつ、コーデリアの話に聞き入っている。

彼らの可愛らしさに、思わず顔が綻んだ。

(やっぱり子供は、その存在自体が可愛いわ)

己自身も子供といっていい年齢でありながら、コーデリアは大人ぶってそんなことを思う。

この施設では身の回りの家事以外に、特に課された仕事はない。

だから時間だけはたくさんあった。だが一方で、娯楽の類はほとんどなかった。

そんな中現れたコーデリアの存在は、彼らにとって随分と刺激的だったようだ。

子供たちはコーデリアにくっついて回り、次から次へと新しい知識をねだった。

そんな彼らの知識欲に、コーデリアは驚いた。

人間の何かを知りたいという欲求は、思っていたよりもずっと強いものであったようだ。

お嬢様時代、勉強を時折億劫《おっくう》に思ってしまっていたが、今となってはもっと真面目に学び、もっと多くの知識を得ていれば良かったと、コーデリアは悔やんでいる。

ここではもう、これ以上知識を増やすことはできない。

コーデリアの頭の中にあるものを吐き出したら、もうおしまいなのだ。

子供たちの澄んだ目を見ていると、今や断絶し、遠い存在となってしまった愛《いと》しい弟妹たちを思い出す。

大好きだった。大切だった。けれども彼らにとってコーデリアは、そうではなかった。

仕方がなかったのだと、理解はしている。

それでもあの日々で傷つけられた、コーデリアの心の傷は深い。

おかげでコーデリアの中で、自分はいつ死んでもいい、という破滅的な思いが消えない。

だがその傷も、こうして施設の子供たちと共に過ごし向かい合うことで、少しずつ癒やされているのを感じる。

子供たちへの献身は、いつしかコーデリアの存在意義になっていた。

そんな彼女の努力が実り。気がつけばこの施設は随分と環境が改善し、普通の孤児院と遜色ないほどになった。

そのことをコーデリアは純粋に喜んでいるが、何故かメルは反対に、時折思い悩むような沈んだ顔を見せるようになった。

楽しげに過ごすコーデリアと子供たちを見つめては、苦々しげに小さく深いため息を吐く。

「メルちゃん。どうしてそんな悲しそうな顔をするの？」

「……何が正しいのか、わからないから」

気になって聞いてみたが、返ってきた返事にコーデリアは首を傾げた。

メルの言うことは時々抽象的で酷く難しく、コーデリアには理解できない。

（一体その頭の中で、どんなことを考えているのかしら？）

メルは本当に不思議な子供である。まず第一に、異常なくらいに頭が良い。

まるで土に水が吸い込むように、コーデリアから与えられた知識を、メルはあっという間に自らのものにしてしまった。

今も拾った小枝で地面にガリガリと文字を書いているが、字列から文法にいたるまで、ほぼ完璧である。

「メルちゃんったら、すっかり読み書きができるようになったわね！　すごいわ！」

もはやコーデリアがメルに教えられることは何もない。それが何やら少々悔しい。

「別に。こんなのたいしたことじゃない。仕組みがわかれば簡単だ」

そんな生意気なことを言って照れたようにツンっと横を向くメルが、今日もとても可愛い。

おかげでコーデリアのちょっとした嫉妬心は、遠く遥《はる》か彼方《かなた》にすっ飛んでいった。

よく考えてみれば、まともに喋《しゃべ》れない子が大多数だったこの場所で、当初からはっきり意思疎通ができるほどに言葉を喋れたのだ。

他の子供達と同じく、メルもまたなんの教育も与えられていないはずなのに。

そんなメルの人並外れた頭脳は、おそらくは天賦のものなのだろう。

今や発音もすっかり滑らかになり、出会った頃の辿々しさや、舌足らずな感じは無くなってしまった。

そのことを少し寂しくも感じるが、メルの成長はとても嬉しい。

だがコーデリアは、メルが自身を名前で呼ぶことに対しては、あえて指摘をしなかった。

何せメルの口から発される「メル」という響きがなんとも可愛くて癒やされるからだ。

もちろんそれはコーデリアの身勝手な楽しみなので、後に気付かれたら怒られそうだが。

そんなメルは、時折不思議な世界と通じている。

「コーディ。今日は雨が降る。洗濯はやめておいたほうがいい」

「え？　今は晴れているけれど……」

「水の精霊たちがうるさいから、降る」

メルの言葉は正しく、実際にその日は昼前から雨になった。

どうやらメルは、精霊と呼ばれる存在の意思を感じ取ることができるらしい。

コーデリアもふとした瞬間に、己の周囲に何らかの気配を感じることはあるが、はっきりとその形が目に見えたことはないし、その声が聞こえたこともない。

やはりメルは特別に、精霊から愛されているのだろう。

何しろ彼らの姿を見ることも、彼らの声を聞くこともできるのだから。

「メルちゃんは精霊とおしゃべりできるのね」

「いや、あいつらが一方的にメルに向かって騒ぐだけだ。メルの言葉はあいつらには通じてない」

「ふうん、なるほど」

メルには精霊の意思が伝わるが、精霊はメルの言葉がわからないらしい。

つまり精霊たちは、一方的にメルに話しかけてきては、様々な情報を押し付けてくるということらしい。

「逆に精霊にも、メルちゃんの言葉を届けられたらいいのにね」

人間の言葉を、精霊がわかるように翻訳できたらいい。

そうして精霊と意思疎通ができるようになったら、精霊に手伝ってもらうことで魔力でできることがもっとたくさん増えるかもしれない。

コーデリアが何気なく口にした夢物語に、メルはその綺麗な蛋白石色の目を、大きく見開いた。

それから真剣な表情で、何やらしばし考え込む。

急に一体どうしたのだろうと、コーデリアがメルの顔を覗き込んでみれば。

「……それ、メルならできるかもしれない」

メルはぽつりとそう言って、足元に落ちていた枝を手に取ると、地面にひたすらガリガリと文字を書き始めた。

どうやら精霊の発する声の音を、文字で書き起こしているらしい。

それはコーデリアがメルに、文字を教えたからこそできた芸当だった。

それらを組み合わせ、メルは虚空に向かい、不思議な響きの言葉を紡ぐ。

その瞬間、メルを中心にして何某《なにがし》かが動く気配を感じ、ぞわりとコーデリアの肌が粟立《あわだ》った。

「――うん。やっぱりできる」

確信したメルはわずかに口角を上げ、笑みと言っていい表情を浮かべた。

メルの笑顔らしきものを見たのはこれが初めてで、コーデリアは思わず見惚れてしまった。

それからメルはしばらくの間、精霊との交流に夢中になっていた。

地面にガリガリと何かしらの文字を書いては、精霊と会話をしている。

何もないところへ向かってぶつぶつ呟いている様は異様だが、メルが何やら楽しそうなので、コーデリアは好きにやらせることにした。

どうせコーデリアがメルに教えられることなど、もうないのだ。

（それにしても私ったら、案外充実した日々を送っているわね）

当初この施設に放り込まれた時はどうしようと思ったが、案外コーデリアは日々をそれなりに楽しく過ごしていた。

生来の魔力と異常な体力と行動力と、いつ死んでも構わないという覚悟が、うまく働いたのだろう。

「ぎゃー‼　メルちゃん！　ルカ！　誰でもいいから助けてえ……！」

だがそんな彼女が、いまだに唯一耐えられないのは、虫だった。

死を覚悟したことで、怖いものはずいぶん減ったが、虫だけはどうにもこうにもだめだった。

施設の建物は何百年も前に建てられた旧時代の遺跡らしく、隙間も多くあって大小形状問わず虫が入り込みやすい。

他の子供たちは虫に慣れていてなんとも思わないようだが、お嬢様育ちのコーデリアには耐えられなかった。

（大体まず、その見た目からいけない……！）

建物内を清潔に保つようになったことで、入り込む虫の数もそれなりに減ったのだが、それでも皆無とはいかない。

コーデリアは、カサカサと動く大きな蜘蛛《くも》や百足《むかで》を見るたびに悲鳴をあげ、他の子供たちに駆除してもらう日々を送っている。

ちなみにこれまでずっと虫たちと共生していた子供たちは害虫駆除もお手のもので、火で燃やしたり水に漬けたり風で吹き飛ばしたり土に埋めたりと、さまざまな方法で楽しそうに退治してくれる。

子供とは、なんとも残酷な生き物である。コーデリアはその度にこれまた悲鳴を上げる羽目になる。

「……建物内への虫の侵入を防ぐ方法はないかしら……」

これ以上虫の命を無為に奪うのも心苦しいので、できればそもそもの侵入を防ぎたい。

今日も足の上を蜘蛛に歩かれ、悲鳴をあげたコーデリアがげっそりとそうぼやくと、メルはまたしても何やら考え込んだ。

「……それ、メルならできるかもしれない」

そしてメルは何やら施設の建物の周囲に円を描き、四隅の壁に、石でなんらかの傷をつけ始めた。

それはコーデリアが見たことのない文字の羅列だった。

なんでも精霊への命令式なのだという。

それから建物の中心にある部屋の床に、木炭で円を描き、その中にもコーデリアには全く理解できない紋様と文字らしきものを書き込む。

最後にメルは、その円に己の魔力を流し込んだ。

キィンとコーデリアの耳の奥で音がする。おそらく部屋の中が精霊で満たされたのだろう。

「うん、やっぱりできた」

そう言ってメルは、ほんの少しだけ得意げに笑った。

するとそれ以後、本当に建物の中に虫が入り込まなくなった。

高貴なる精霊たちに虫除《むしよ》けなどをさせて、怒られるかも知れないが。

「すごいわ！　メルちゃん天才……！　大好き！」

「うわあ……！」

虫の恐怖から解放されたコーデリアは非常に喜び、思わずメルに抱きついた。

他の子供たちはよく抱きしめていたが、メルに抱きつくのはこれが初めてだった。

メルの性格上、絶対に嫌がりそうだと思ってこれまで遠慮していたのだ。

うっかり勢いよく抱きついてしまった後に正気に戻り、これは怒られるかもしれないと、コーデリアが恐る恐るメルの顔を覗き込むと。

メルは顔を真っ赤にして俯き、体を硬くしていた。しかもわずかに目が潤み、プルプルと震えている。

つまりはとてもとても可愛い。そして嫌がっているようには見えない。

「ごめんね。嫌だった？」

勝利を半ば確信しながらも、コーデリアはメルの背に回した腕を緩めて、一応念《ねん》の為《ため》聞いてみる。

するとメルはいつも通りぷいっと横を向いて「別に」と言った。

その耳がやはり真っ赤である。これはもう許可と認定して良いだろう。

よってコーデリアは今後、メルにも遠慮なく抱きつくことにした。

それにしても魔力とは、使い方次第では、万能の力になるのだとコーデリアは思う。

特に日常生活への寄与が素晴らしい。だからこそ、どうしても疑問が尽きない。

――何故この素晴らしい力を、人は『悪』と断じ拒絶したのか。

「ねえ、メルちゃん。私ね、本当は魔力って、神様からの特別な贈り物なんじゃないかと思うことがあるの」

何しろ神の眷属《けんぞく》であるはずの精霊から、愛される才能なのだから。

「私たちはもっと本当は、愛され大切にされるべき存在ではないかって」

それはコーデリアの願望でもあった。愛されるに値する存在でありたい、という。

するとメルは少しだけ逡巡《しゅんじゅん》したあとで、こくりと頷いた。

「……うん。メルもそう思う」

コーデリアの顔に、安堵の笑みが浮かんだ。

そのことをいつか、どうにかして証明できたらいい。

魔力を持って生まれてしまった子供たちが、自分や他人のことを愛せるように。

「私たちも、いつか普通の人たちと変わらずに暮らせたらいいわね」

そしてコーデリアはこの胸の高揚をどうにかしたくて、とりあえずもう一度目の前のメルにぎゅっと抱きついた。

「わあ！」

また律儀に顔を真っ赤にして、慌てふためくメルがとても可愛い。

（それにしても、もっとふわっとしていると思ったのに……）

メルの体は、コーデリアが想定していたよりも遥かに硬かった。謎である。

こうしてここで暮らす上で最後のネックだった虫問題も片付いて、コーデリアはすっかりここでの暮らしに順応していた。

子供たちやメルと過ごす日々は、忙《せわ》しなくて騒がしくて、けれどもとても愛おしくて。

父曰《いわ》く、なんでも神は、自らを助け救わんと行動する者こそを救うのだという。

何もせずに、与えられた環境をただ嘆き悲しむような人間は、救わないのだと。

きっと状況を、打破しようと行動することが大事なのだ。

（やっぱり死ぬ気でやれば、何とかなるものね）

ここに来てからの努力が報われたようで、コーデリアは嬉しかった。――だが。

残念ながらこの世界は、神は、コーデリアが思うほどに甘くはなかった。

コーデリアがこの施設に来て、半年ほどが経った頃。

「──きた」

メルが唐突に表情の抜け落ちた顔で、空を見上げてそんな言葉を漏らした。

「どうしたの？　メルちゃん」

心配したコーデリアが聞いてみれば、メルは何も答えず、そのまま瞼《まぶた》を瞑る。

これまでにない雰囲気に、コーデリアは不安になった。

精霊たちが、また何かをメルに伝えてきたのだろうか。

しばらくして門番の男たちが、食事の時間でもないのに施設内に入ってきた。

コーデリアがこの施設に入ってからというもの、そんなことはこれまで一度もなかったというのに。

何やら嫌な予感がして、コーデリアは近くにいた子供たちを抱き寄せる。

「今回はこいつでいいか。行くぞ」

すると彼らは出入り口近くにいたルカの腕を取ると、そのまま引きずるように外へ連れ出そうとした。

「いやだ！」

すると突然のことに怯えたルカの叫びと共に、彼の腕を掴《つか》んだ男の手が火に包まれる。

「ぎゃっ！　くそ！　この化け物が……！」

慌ててルカから手を離し、腕を振って消火させると、男は怒り狂ってそのまま小さなルカを殴りつけようとした。

それを見たコーデリアは、走って男とルカの間に滑り込むと、代わりに男の拳を右頬に受ける。

栄養不足の細い体が吹き飛んで、コーデリアは床に叩きつけられた。

「コーディ……！」

突然の目の前の暴力に、子供たちが泣き叫ぶ。

（これは流石に痛い……！）

大人の男に殴られたのは、生まれて初めてだった。

コーデリアの魔力は勝手に彼女の傷を癒やすが、痛みが軽減されるわけではない。ただ、治るのが異常に早いだけなのだ。

火傷したくはなかったのだろう。男たちがルカを諦め、他の子供たちを捕まえようと手を伸ばした。コーデリアがなんとか止めなければと焦ったところで。

床に転がったコーデリアを大切そうに抱き上げる、痩せた腕があった。

「コーディ……！　大丈夫か？」

泣きそうな顔で、必死に声をかけてくるのはメルだ。

案外力持ちなんだなあ、などとコーデリアは混乱する頭でどうでも良いことを考える。

「大丈夫」だと伝えようとコーデリアが口を開けば、唇の端からごぽりと大量の血が溢《あふ》れ出《だ》した。

どうやら殴られた際、口腔《こうこう》内に大きな傷を負ってしまったらしい。

(痛いけど、まあ、どうせすぐに治るし)

コーデリアはメルを宥《なだ》めようと、何でもないようにへらりと笑った。

するとメルは、むしろ怒りに満ちた表情を浮かべた。

そこでまた、男に捕まった子供の泣き叫ぶ声がした。

この男たちは、子供たちを使って一体何をしようとしているのか。

「くそっ！　すっかり人間みたいになっちまって、嫌になるな」

そして男から吐き出された言葉に、コーデリアの背筋が凍る。

一体彼は何を言っているのだろう。ここにいる子供たちは、皆最初からちゃんと人間だというのに。

それから男はメルに支えられたままのコーデリアを見て、余計なことをしやがって、と毒づいた。

「ようやくお前らが、役に立つ日が来たってのによ」

コーデリアはここにきてようやく、この施設の存在意義について疑問を持った。

魔力持ちを同じ人間だと思っていない彼らが、何故自分たちをあえて生かしていたのか。とっとと殺してしまう方が、圧倒的に楽でお金もかからないはずなのに。

——それはつまり、生かしておかなければならない、何かしらの理由があるからで。

「お前ら魔力持ちは、魔物たちにとって素晴らしいご馳走《ちそう》だからな。その魔力でせいぜい魔物たちを引き寄せて死んでくれよ」

そこでかつてここにきたばかりのころに聞いた『一人使ってしまったばかり』という彼らの言葉を思い出した。

「……そんな……」

つまり自分たちは、魔物の生き餌として生かされていたのか。

コーデリアの全身から、一気に血の気が引く。

信じたくはない。だが、信じざるを得ない。

それはかつて住んでいた屋敷が魔物に襲撃されたとき、何故自分と弟が一番に狙われたのか、という疑問の答え合わせでもあった。

最初から魔物は、弟ではなく魔力を持つコーデリア自身を狙っていたのだ。むしろ巻き込まれたのは、弟の方だった。

メルはそのことをすでに知っていたのだろう。新たに衝撃を受けている様子はない。

「この街に魔物の群れが襲ってきやがったんだよ。しっかり生贄の役割を果たしてくれ」

（……なるほど。そういうことだったのね……）

だからこそ男たちは、コーデリアに余計な真似をしたと怒っていたのだ。

ここにいる子供たちを知性のない獣だと思っていれば、魔物に差し出すときに良心の呵責《かしゃく》が少なくてすんだであろうにと。

これほどまでに人間らしくなった子供たちを魔物に差し出すのは、彼らでもそれなりに罪悪感を持ってしまうのだろう。

また小さな子の悲鳴が上がった。コーデリアの胸が、ぎゅうっと締め付けられる。

そうだ。子供たちだって何も知らぬ獣のままであったなら、きっと魔物の生贄となることを、ここまで恐れはしなかっただろう。

だが彼らはコーデリアにより知識を与えられ、人間らしく死の概念を知ってしまった。

自分たちがこれから魔物を誘き寄せる餌として利用され、死ぬことを知ってしまった。

コーデリアが子供たちに知識や人間らしさを教えるたびに、メルの表情が翳った理由が、今ならばわかる。

子供たちが自我を得て未来を知ることを、メルは残酷なことだと考えていたのだろう。

（なんてことなの……。だったらこれまで私がしていたことは……）

家族から捨てられたとき以上の絶望が、コーデリアを襲った。

「……コーディ？」

真っ青になってブルブル震えるコーデリアの名を、メルが労わるように、慰めるように呼ぶ。

そこに責めるような響きは一切ない。

――本当に、優しい子だと思う。

コーデリアはぐっと奥歯を噛《か》み締めると、メルの腕からそっと抜け出し立ち上がる。

コーデリアの覚悟は、すでに決まっていた。

「その子を離してください。私が行きます」

そうだ、自分がその『生贄』になればいい。

あの忌まわしい治癒能力のおかげで、すでに頬の腫れも口腔内の傷もほぼ治っていた。

おかげで緊張して声は震えたものの、言葉は滑らかに紡ぐことができた。

そのことに男たちも気付き、気味の悪いものを見るように、コーデリアを見る。

「見ての通り私は、他の子たちより長持ちする良い餌になると思います。だからこの子たちは」

どうか、まだ待ってほしい。まるで罪滅ぼしのように、コーデリアは願った。

子供たちはまだ幼い。そして死は、年齢順で訪れるべきだ。

よってここは、一番長く生きている自分が魔物の餌になるのが道理というものである。

どうせコーデリアは、いつ死んでも構わないと思って生きていたのだ。ここが命の使い時だろう。――だから。

子供たちにはどうか、少しでも長く生きて人生を楽しんでほしい。どうせすぐに死ぬからと、全てを諦めて、獣に戻らないでほしい。

激しく抵抗する他の子供たちよりも、従順なコーデリアの方が楽だと思ったのだろう。男の手がコーデリアの細い腕を掴んだ。だがすぐに、その反対側の腕をメルが掴んだ。

「――メルが行く」

メルの言葉に、コーデリアは目を見開き、それから首を横に振った。

「ダメよ。私がこの中で一番年上だもの」

だからこそ、他の子に生きる時間を譲りたいのだと。コーデリアはなんとか口角を上げ、顔を微笑みの形にする。

「――だったら、行くのはコーディじゃなくて、メルのはず」

するとメルが、心底納得がいかないという顔をして言った。

「――メルは今、十三歳」

「――はい？」

思わずコーデリアの目が点になる。一体メルは何を言っているのだろう。

そこで初めてコーデリアは、メルの身長がすでに自分を超えていることに気づいた。

半年前は、コーデリアの方がずっと高かったというのに。

(メルちゃん、実は年上だったの……!?)

どうやら本当に、メルはコーデリアより一歳だけ年上だったらしい。

これまでメルのことを、散々年下扱いをしてしまった。

「これまでずっと、『生贄』になるのは年齢順だったはずだ。だったらコーデリアより、メルの方が先のはず」

ぎらりと輝く蛋白石色の目で見据えられ、その威圧感に呑《の》まれた男たちが明らかにたじろぎ、コーデリアの腕から手を離す。

そしてメルに引き寄せられ、コーデリアは強く抱き締められた。

普段抱き付きにいくのはいつもコーデリアからで、メルから抱きしめられるのは、これが初めてだった。

その温《ぬく》もりに、思わず涙が溢れた。

何故世界は、自分たちにばかりこんなに厳しいのだろう。

「大丈夫。メルに考えがある。必ず帰ってくるからコーディは待っていて……」

するとメルがコーデリアの耳元で、そっとそんなことを囁《ささや》いた。

その言葉を、信じていいのだろうか。

メルは優しいから、ただコーデリアのために身代わりになろうとしているのではないのか。

やはり自分が行く、とコーデリアが言おうとしたところで、体が動かなくなった。

（え？　なんで……）

体中に何かがまとわりついている。コーデリアにはうっすらとしか見えないその光は、おそらくはメルが操っている精霊だろう。

知らぬ間にメルは、精霊を完璧に使役していた。

「行ってくる」

そう言ってメルは、ふわりと透き通るような美しい微笑みを浮かべた。

その笑顔を見た瞬間、コーデリアの目にさらに涙が溢れ出した。

（待って！　いかないで……！）

そう言いたいのに、口すらも動かすことができない。

その後コーデリアの体が動くようになったのは、もう彼らに追いつけないくらいに時間が経った後で。

相変わらず外門には鍵がかけられていて、ここから抜け出すこともできなかった。

深い喪失感が、コーデリアを襲った。

普段そっけなくしているくせに、コーデリアが困っていると必ず最初に気付いて助けてくれる、優しい親友。

そんな大切な人を犠牲にした自分が、許せなかった。

コーデリアと子供たちは、身を寄せ合って泣き続けた。

メルを失ったこと、自分たちの末路を知ってしまったこと。

それら全てが、まだ幼い子供達には受け止めきれない現実だった。

だがそれから三日ほど経った頃、施設の前に全身傷だらけのメルが帰ってきた。

「――メルちゃん……！」

門番たちに引き摺られるようにして施設内に放り込まれたメルは、生きているのが不思議なくらいの状況だった。

「ほら、ちゃんと帰ってきた」

それなのにそう言って自慢げに笑うメルの、チラリと見える八重歯を見て。

もう枯れたと思った涙が、またコーデリアの両目から溢れてこぼれ落ちた。

「うん。おかえり。メルちゃんは、すごいね……！」

その後メルは床に崩れ落ち、意識を失った。

コーデリアはメルの手を一晩中握り、励まし続けた。

時折目を覚ますメルが「コーディに触れられていると、痛みが和らぐ」などと言うからだ。

だからコーデリアは一睡もせず、ひたすらメルに己の魔力を注ぎ続けた。

翌朝になって見てみると、メルの傷は、そのほとんどが消えていた。

その代わり、今度は魔力を使い切ったコーデリアが倒れることになった。

どうやらコーデリアの魔力は、自分だけではなく他人も癒やすことができるらしい。

それは、素晴らしい発見であった。

「なんでコーディはそう考えなしなんだ！　程々にしとけばいいのに、なんで自分が倒れるまでやるんだ！」

まあ、すっかり元気になったメルに散々叱られる羽目にはなったが。

せっかく怪我を治療してあげたのに、そこまで怒らなくてもいいと思う。

だがメルが生きているからこそ怒ってもらえるのだと思うと、コーデリアはつい顔がにやけてしまい『だからなんで笑ってるんだ！』と余計に怒られる羽目になった。

床に藁《わら》を敷いただけの寝床で、今度はメルに手を握ってもらう。

メルの体は華奢なのに、不思議と手足は大きい。

すっぽりと包み込むように手を握られると、守られているような気持ちになる。

「それにしてもメルちゃん。どうやって帰ってきたの？」

メルは魔物の餌にされたはずだ。それなのに、何故。

「街の反対側にある、遺跡の柱に縄でくくりつけられたんだけど、精霊に協力してもらって縄を切って誘き寄せられてきた魔物を全て殺してきた。案外精霊は汎用性が高い。うまく姿を隠すこともできるし、攻撃に使うこともできる」

つまりは精霊を使って、魔物たちを駆除してきたらしい。

そんなことができるのかと、コーデリアは驚き目を見開く。

「魔力もうまくすれば隠すことができる。みんなも魔物に襲われた時のために覚えておくといい」

そしてメルは魔力の隠し方を、コーディや子供たちに教えてくれた。

それは『魔力持ち』が、普通の人間に偽装するための方法でもあった。

「精霊を使役するための要領は大体掴んだ。このまま色々と試してみようと思う」

メルはおそらく、前々から準備していたのだ。いつか自分の順番がきた時のために。

「メルちゃんは、本当にすごいわ……」

きっとメル一人なら、ここから出ても生きていけるだろう。

コーデリアたちがいなければ、メルはこんな場所に戻ってくる必要がなかったのに。

「……そのまま、逃げてしまえばよかったのに」

むしろそうすべきだった。この施設にいたら、そのうち魔物の餌にされて死ぬだけなのに。

どうしてまたこんな地獄のような場所に、帰ってきてしまったのか。

「……本当はずっとこんな世界、滅んでしまえって思ってた。自分が死ぬことだって、別に構わないって思ってた」

コーデリアの手を握りながら、メルがぽつりぽつりと心情を漏らす。

確かにであったばかりの頃のメルは、どこか破滅的な雰囲気があった。

「――でも今は、死にたくない。死にたくないんだ」

出会った頃は冷たく感じたメルの目は、今は燃えるように輝いている。

「……どうしても、ここに帰りたいって思った」

コーデリアは繋いだ手にそっと力を込め、メルの目をまっすぐに見つめた。

帰ってきてくれたことが、とても嬉しい。けれども同時に、とても申し訳ない。

メルは、コーデリアたちを見捨てられなかったのだ。どうしようもなく、優しい人だから。

そのままずっとメルの美しい蛋白石色の目を見ていたら、何故か不思議と厳かな気持ちになった。

まるで教会の祭壇の前にいるようで、コーデリアは唐突に懺悔《ざんげ》がしたくなった。

何も知らぬ己の、浅はかで愚かな行動を。

「……ねえ、メルちゃん。私のしたことは、とても残酷なことだったのね」

獣のままで何も知らなければ、恐れることもなかった。

――人であるからこそ、生まれる苦しみもあるなんて。

「――コーディは、何も知らない方が幸せだと思う?」

悲しみも喜びも、悲しみも苦しみも、何も知らずに生きて、死ぬことの方が。

人を想《おも》うことも、人に想われることもなく、無為に生きて、死ぬことの方が。

コーデリアは小さく首を横に振った。――それは、嫌だ。

どうせ死ぬなら、ちゃんと己の死に向き合って死にたい。――だってコーデリアは、人間だから。

死が何かもわからぬ間に、死んだ方が幸せだなんて思えない。

「――私は、幸せだとは思えないわ」

「私は、死ぬ瞬間まで人間でいたい」

だがそれは、コーデリア個人の思いにしか過ぎない。

だから他の子供たちが、本当はどう思っているかはわからないけれど。

でもきっと自分の価値観で利己的に動くこともまた、人間らしさなのだろう。

メルはそんなコーデリアを、目を細めて見つめ、「メルもそう思う」と言った。

「最初は獣のように何もわからないまま、死んだ方がいいと思ってた」

いずれ死ぬしかない存在に、知性など、生きる意味など、不要ではないのか。

「でもコーディに会って、考えが変わった」

メルに熱のこもった目でまっすぐに見つめられて、コーデリアはなにやら落ち着かない。

「……メルちゃんは、私と出会ったことを後悔している?」

「――いや」

メルはふわりとその美しい顔を、満面の笑みにした。

気がつけばメルは、よく笑うようになっていた。そのことが嬉しい。

「コーディはメルの碌《ろく》でもない人生の中で、一番綺麗なものだ」

唇からこっそり覗《のぞ》く八重歯が、やっぱりどうしようもなく可愛くて。

コーデリアの心臓がどくんと一つ大きく鼓動を打ち、顔に熱が集まる。

同性の友達に、何故こんなことになっているのか。

きっとここ数日で色々なことがありすぎて、頭がおかしくなっているのだと、コーデリアは思うことにした。

その後も、数ヶ月毎《ごと》に街が魔物の襲撃があって、その度にメルは担ぎ出された。

メルは何度も魔物を惹《ひ》きつける生贄としての役割を果たし、魔物たちを駆逐し、傷を負いながらも帰ってくる。

その度にコーデリアは、メルの手を握り、傷を癒やす。

メルの献身のおかげで、施設の子供たちは結局その後、一人も犠牲になっていない。

メルがここを守るために、一人で犠牲になり続けているからだ。

「メルにしかできないんだから、仕方ない。他の奴《やつ》らが行ったら死ぬだけだから」

ただの無駄死になのだと、意味がないのだとメルは言う。

それがコーデリアは、苦しくてたまらない。

メルだって本当はまだ、守られるべき年齢の子供なのに。

「──行ってくる」

「行ってらっしゃい。必ず無事に帰ってきてね」

メルが連れて行かれるたびに、コーデリアはそう言って見送ることしかできない。

(――神様、どうかメルちゃんをお守りください)

だからコーデリアは、ただ目を瞑って神に祈る。

本当は神なんて都合の良いものが、この世に存在するとは思っていない。

もしいるとしても、神はきっと、この世界のことが嫌いだろう。

だがそれ以外にできることがないから、コーデリアは必死に祈る。

――どうかメルが、無事に帰ってくるように、と。

生贄としてメルが連れて行かれたら、その間小さな子供たちを守るのはコーデリアの役目だ。

どうやら精霊を使役するようになり、毎回魔物を皆殺しにして死なずに生きて帰ってくるメルに、この街の人々は恐怖を覚えているらしい。

おかげでメルを怒らせまいと、運ばれてくる食料や衣服などが、随分と改善した。

だが魔力持ち如《ごと》きが良い生活をすることが、許せないのだろう。

最近ではメルがいない時を狙って、門番の男たちが子供たちに暴力を振るうようになった。

その度にコーデリアは子供たちを庇い、代わりに殴られる。

両親からよく言われていたのだ。姉なのだから、弟妹は守れと。それがお前の役目だと。

だからコーデリアは、己の身を以《もっ》て、子供たちを守り続ける。

（メルちゃんだって頑張っているんだから……）

自分は魔物に追われるメルに比べれば、ずっとマシなのだ。

どうせコーデリアの傷は、すぐに治ってしまうのだから。

他の子が殴られるよりも、ずっといい。メルが帰ってくるまで、この子達を守るのだ。

体を丸めあまり動かなくなってしまったコーデリアに飽きたのか、男たちは今度は他の子に手をあげようとする。

それに気づいたコーデリアは、目の前の男の足に必死に縋《すが》り付いた。

（……この人たちは誰のおかげで、この街が守られていると思っているんだろう）

メルに守られておきながら、どうしてこんなことができるのか。

コーデリアの心の中に、これまで抱えたことのないどす黒い感情が満ちる。

「……どうせそいつらは皆、そのうち魔物の餌になるんだぞ。それなのになんでわざわざ庇ってやる必要があるんだ？」

ご苦労なことだと、コーデリアの背中を踏みつけながら、男が嗤《わら》って嘲る。

だから何故そんなことを、あえて子供たちに聞こえるように言うのか。

（おそらく子供たちに、生贄としての自覚を植え付けようとしているのね……）

魔力持ちのくせに、いい気になるな、と。

お前たちは所詮魔物の餌であり、消耗品にすぎないのだと。

なんて醜悪なことだろう。あとで子供たちを抱きしめて、慰めなければ。

「……今はまだ、生きているからよ」

口の中に溜《た》まった血を吐き出しながら、コーデリアは言い捨てた。

だから無様でも足掻《あが》いて生きるのだ。まだ未来はわからない。

いつか、こんな自分たちが、真っ当に生きられる場所が見つかるかもしれない。

いつか、こんな非人道的なことはやめるべきだと、誰かが声を上げてくれるかもしれない。

「そもそも目の前で人が傷つけられそうになっているのに、見て見ぬふりはできないわ」

傍観することのほうが、コーデリアには難しい。

見捨てたら、良心の呵責に耐えられない。だったら諦めて、自ら関わった方がいい。

だって自己犠牲の方が、精神的にずっと楽なのだ。

困った人は助けてあげなさいと。幼い日、両親が言ったから。そう、躾《しつ》けられたから。

だから体が勝手に動くのだ。自分のことを顧みずに。

(その両親には、捨てられてしまったけれど)

心の中で冷たい声がする。それでもきっと彼らの教え自体が、間違っているわけではない。

子供たちに平気で暴力を振るう男たちよりも、自分の方がよほど真っ当であると言い切れる。

ちっとも心折れないコーデリアに興が削《そ》がれたのか、男たちは舌打ちをした後で彼女の腹部を力一杯蹴り上げてから、苦々しい顔で去っていった。

鞠《まり》のように転がったコーデリアの口から、また血が溢れ出す。

どうやらさすがに今回は、内臓まで傷ついてしまったらしい。

床に丸まって痛みを堪えながら傷が癒えるのを待っていると、その背を小さな手が撫でた。

「――コーディ。大丈夫？」

子供たちが泣きながら、コーディを労《いたわ》り慰めてくれる。

その姿に、コーデリアの黒く染まりそうだった心が浄化されていく。

人間は汚い。けれど、人間は美しい。

一部だけを見て、全てを憎んではいけない。だって、この子たちがいるのだから。

「いつもメルとコーディばかり、酷い目に合わせてごめん」

出会った頃よりも随分と大きく、そして健康的になったルカが、目を潤ませながら詫びる。

「大丈夫よ。どうせ私はすぐ治るもの。そんなに泣かないの」

この子たちに、人としての尊厳を与えてしまったコーデリアには、その責任がある。

この子たちを守るためなら、なんだってする。

「――それから、あんな人たちの言うことなんて、聞く必要はないのよ」

先ほどの男たちの悪態を思い出し、苛立《いらだ》ったコーデリアは珍しく強い口調で言った。

するとルカは首を横に振り、その凛々しい赤い眉をしおしおと情けなく下げた。

「ちゃんと知ってるよ。メルもコーディも僕も、いずれはみんな殺されてしまうこと」

コーデリアはルカの言葉に、唇を噛み締める。

こんな小さな子供に死を教えたのは、間違いなくコーデリアの罪だ。

「でも知る前に戻りたいなんて、思ったことがないよ。今の方が、ずっといい」

だがそう続いたルカの言葉に。コーデリアは堪えきれず、床に横たわったまま涙を流した。

彼らを教え導いたことは、決して間違いではなかった。ようやく、そう思えた。

傷ついた体を修復するために、多くの魔力を消耗しているからだろう。

やがてコーデリアの瞼が、重くなってきた。

今にも落ちてしまいそうな意識の中で、メルが無事に帰ってきたら、この喜びを伝えようとコーデリアは思い。

その後すぐに、眠りの世界へと旅立ってしまった。

普段ならメルが帰ってくる前に、大体コーデリアの傷は癒えていた。

だが今回は内臓にまで至る、命に関わるほどの重篤な怪我だったようだ。

帰ってきても、コーデリアが横になったまま出迎えに来ないことに疑問を持ったメルが、こんこんと死んだように眠り続ける彼女の全身にある打撲や、血を吐いた痕に気付いた。

そしてコーデリアが自分のいない間、ずっと門番の男たちに甚振られていたことを知ってしまった。

「――どうしてメルに何も言わなかった……？」

このところ何故かずっと掠れている、苦しみに満ちたメルの声に、コーデリアは酷く重い瞼をなんとか持ち上げると、少しだけ笑って「おかえりなさい」と言った。

それだけは毎回必ず言おうと決めていたからだ。

すると怒りに体を震わせたメルは、踵を返して外壁の扉を破り施設を出て行き。

そのままもう二度と、ここに帰ってくることはなかった。

コーデリアが最後に見たメルの姿は、一人施設から出ていく、その細い背中だ。

だからコーデリアは結局、メルに何も伝えられないまま。

コーデリアの傷が癒え、立ち上がれるようになった時にはもう、門番の男たちが変わっていた。

彼らは子供たちに対し酷く怯えており、これまでのように暴力を振られることも無くなった。

メルがいなくなったこと以外は、何も変わらない。ただ、穏やかに過ぎる日々。

（……メルちゃんは、ここから逃げられたのね。よかった）

これまでは運良く生き残れたけれど、このままずっと魔物との戦いを繰り返していたら、きっといつか殺されてしまっただろうから。

ここから逃げ出したメルの判断は、正しい。寂しいけれど、これで良かったのだ。

次に魔物の餌になるのは自分だろうとコーデリアは覚悟していたが、その間にこの街が魔物に襲われることはなく。

一ヶ月ほど経ったある日、突然国王の命により派遣されてきたという兵士たちが、門番を追い払い施設内に踏み込んできて、子供たちは全て連れ出された。

「一体なんなんですか……⁉」

突然の非日常に恐慌状態の子供たちを宥めながら、コーデリアは兵士たちを纏《まと》めている、一際大きな男に突っ掛かった。

その男は顔に大きな傷があり、見上げるほど背が高く、岩のようなゴツゴツした筋肉がついていた。

正直見た目からして怖くてたまらなかったが、それでも子供たちを守らねばと、コーデリアは必死にその筋肉の塊を睨《にら》みつける。

「おお、元気なお嬢ちゃんだなあ」

するとその男はそう言ってから、大きな手のひらでコーデリアの頭をわしわしと撫でた。

男たちに殴られたことを思い出し、コーデリアの体が思わずびくりと竦む。

コーデリアのその怯えに気付いただろうに、その男は糸のように目を細めてからりと笑った。

「国王陛下のご命令で、君たちを王都へ連れていくことになった」

「はい？」

身分というものにいまいち馴染《なじ》みのない子供たちは不思議そうな顔をしているが、一応良家のお嬢様を十年以上していたコーデリアにとって、国王陛下は、神に等しい存在だ。

ここまできてやはりみんな殺されるのかと、コーデリアは絶望し、震え上がったのだが。

子供たちは兵士たちに新しい清潔な服を与えられ、十分な食事を与えられ、安定性のある大きな荷馬車に乗せられて、無理のない速度でこれまで見たことのないような大きな街に運ばれた。

その手厚い対応に、どうやら殺すつもりはなさそうだと、コーデリアは警戒心を解く。

「子供たちには、王都にある新しい施設で生活してもらうことになる。心配するな」

なんでも国王陛下の勅命により、元いた施設自体が閉鎖され、コーデリアたちは新たに真っ当な施設に移動させられるらしい。

どうやら子供たちと引き離されずに済みそうだと、コーデリアは胸を撫《な》で下《お》ろした。

「……ありがとうございます」

コーデリアが深々と男に頭を下げると、大袈裟だと男は笑った。

だが子供たちが未来を夢見られるようになっただけでも、コーデリアとしては嬉しくてたまらない。

「あんな非人道的な施設が、この国に存在していたなんてな。本当に胸糞悪《むなくそわる》い」

この大岩のような男は、どうやら魔力持ちに対し、偏見がないようだ。

そんな大人に初めて会ったコーデリアは、驚き目を見開く。

「俺の名前はバーナード。国軍で働いてる。君は？」

「コーデリアと申します」

「ああ、君があのコーデリアかぁ！」

バーナードの目が楽しげに輝いた。一体なんだろうとコーデリアは首を傾げる。

だがその後すぐに彼の目は、罪悪感からか翳ってしまった。

「悪いがコーデリア。君は新しい施設には入れないんだ」

「――え？」

突然伝えられた衝撃の事実に、コーデリアは思わず間抜けな声を漏らした。

第二章　再会

この国では、魔物のせいで多くの子供が親を失う。

その全てを養いたくとも、国の国庫もまた無尽蔵ではない。

そのため孤児は十二歳で働けるとみなされ、施設を出ることになっているのだという。

少しでも多くの子供たちを救うため、できるだけ早く自立させるという方針のようだ。

そしてコーデリアは十三歳。そもそも施設の世話になれる年齢ではなかった。

これまでいた場所は、いわゆる生贄にする魔力持ちのための畜舎に過ぎず、子供を育てる養護施設ではなかった。

よって本来であれば施設を出るべき規定の年齢を超えていたメルとコーデリアも、そのまま居座ることができたらしい。

（つまり私は、今すぐにでも働く場所を探さなきゃいけないということ……）

突然目の前に突きつけられた人生の岐路に、コーデリアは頭を抱えてしまった。

十三歳で身元引受人もおらず、それどころか住所もなく、しかも魔力持ち。

そんな悪条件の塊のような自分を雇ってくれる場所など、あるのだろうか。

「雇ってくれそうなところがないか、俺も探してみよう」

コーデリアが深刻な顔をして俯いていると、バーナードが心配して声をかけてくれた。

彼は非常に良心的な筋肉だった。これまで岩みたいだなんて思って、大変申し訳なかった。

「読み書きと簡単な計算はできます。誠心誠意真面目に働きますのでぜひ……！」

もはや遠慮をする余裕もない。コーデリアはバーナードの厚意に甘えることにした。

それから数日間は、やはりバーナードの取りなしにより、元『生贄の家』の子供たちと共に新たな施設で過ごさせてもらった。

そこはできたばかりだという綺麗な建物で、三人もの職員たちが子供たちをこまめに世話してくれる。

コーデリアが一人で全員の面倒を見ていた頃よりもはるかに行き届いており、子供たちもすぐに職員に懐いたようだ。

実際のところこの施設の職員たちが、魔力持ちの子供たちにどういった感情を持っているかはわからない。

だが表に出さずにいてくれるなら、それでいい。

コーデリアが見ている限りでは、子供たちは問題なく過ごせていた。

（すごいわ……）

これまでとは天と地ほどに違う想像以上の厚遇に、コーデリアは驚きを隠せない。

もう自分が子供たちの面倒を見なくてもいいのだ。彼らを守り、殴られなくてもいいのだ。

もちろん責任を手放した寂しさはある。けれどもそのことに随分と心が軽くなったことも事実だった。

コーデリアは自らも十三歳という幼い年齢で、十人分の子供たちの命を背負っていたのだ。

自分でも気づかないうちに、それらはずいぶんと負担になっていたのだろう。

肩からその荷を下ろしてみて、初めてその重さに気付いたのだ。

自分がこれまで、どれだけの無理をしていたかも。

久しぶりに大人に責任を委ね、甘えることができたコーデリアは、思わず泣きそうになった。

それはコーデリアが、ようやく年相応の子供に戻れた瞬間だった。

その後バーナードから、医師のクラークを紹介してもらった。

元々は王宮で医務官をしていたそうだが、退官し故郷に診療所を作ることになったのだという。

そこで医療補助兼受付として、コーデリアを雇ってくれるというのだ。

どうやら読み書きと計算ができる点を、買ってくれたらしい。

教養はやはり身を助くのだと、コーデリアはしみじみと思った。

両親にはもう二度と会うことはないのだろうが、教養を与えてくれたことと、殺さずに捨ててくれたことには心から感謝していた。

ずっと共にいた子供たちと離れることは寂しいが、これ以上ない好条件の職場である。

「ぜひ僕と一緒に働いてくれると嬉しいな」

そして何よりもコーデリアの事情を知りながらもそう言って笑ってくれる、クラークの穏やかで優しいその人柄に、コーデリアは就職を決めた。

彼がバーナードと同じく、魔力持ちに対する偏見がないことも、決め手の一つだった。

子供たちと涙の別れをした後、コーデリアは王都から馬車で半日ほどの距離にある、クラークの生まれ故郷である小さな町で、彼が新たに開業した診療所の手伝いをするようになった。

この町にはこれまで医師が存在しなかったため、診察所は開業と同時に繁忙になった。

毎日診療所と自宅を往復するだけの日常だが、少なくない給料も出て、住む部屋も借りることができた。そのことがとても嬉しい。

時折クラークとも友人でもあるというバーナードが顔を出して、施設にいる子供たちの近況を教えてくれる。

皆それぞれ元気に過ごしているようだ。コーデリア自身も会いに行きたいのだが、なかなか機会が得られない。

何しろ町の間を移動するには、傭兵《ようへい》を雇い大人数で移動しなければならない。

町の外は魔物も出るし盗賊も出る。残念ながらこの世界は安全ではないのだ。

流石にその金を、今のコーデリアが捻出することは難しい。

だから今はお金を貯《た》めて、いつかみんなに会いに行こうと思っている。

「……最近王都周辺で魔物の討伐が一気に進んでいてな、そのうちもっと簡単に街の間を移動できるようになるだろうさ」

バーナード曰く、なんでも不思議な力で魔物を討伐する、魔術師と呼ばれる者たちが現れたらしい。

魔術師たちは国王陛下直属の部隊であり、彼らのおかげで随分と魔物が駆除され、魔物による被害が大幅に減っているのだという。

バーナードからその話を聞いた時、コーデリアはふと、メルのことを思い出した。

精霊たちを使役し、魔物を倒す存在。それはコーデリアの知るメルそのものだったからだ。

(メルちゃん、元気にしているかな？)

賢くて強いメルのことだ。きっと自分の生きる道を見つけて、幸せに過ごしていることだろう。

遠く離れてしまったが、コーデリアは未だメルのことを、無二の親友だと考えていた。

今でもふとした瞬間に、メルの綺麗な横顔を思い出す。

その度に胸が、きゅうっと切なく締め付けられるのだ。

編ませてもらった硬い銀色の髪。まっすぐに自分を見る赤い蛋白石色の目。笑った時にちらりと見える可愛らしい八重歯。

今でも大好きな、コーデリアの親友。

(——いつかまた、どこかで会えたらいいな)

なんてことを、つい先日も思ったばかりだったのに。

ある日突然住んでいた町が、魔物の群れに襲われて。

魔物に食べられそうになったところで、突然見知らぬ立派な成人男性に助けられて。

話を聞いてみればその美貌の青年は、なんと大人になったメルだったという。

メルのことをうっかりずっと女の子だと勘違いしていたコーデリアは、何年か越しの衝撃を受けた。

そして今、コーデリアはすっかり男の人になってしまったメル、もといメルヴィンの肩に担ぎ上げられ、拉致されている。

コーデリアの頭の中は混乱の極みである。一体全体何故こんなことになって、自分はこれからどこへ連れて行かれてしまうのか。

それにしてもメルヴィン、あんなにも華奢だったのに随分と大きくなってしまった。

いくら小さめだとはいえ、成人女性であるコーデリアを、軽々と担いで歩いている。

腰に回された腕にはしっかりと筋肉がついていて、とてもではないが逃げ出せそうにない。

(どうしたら良いの……?)

やがて町の出入り口に着くと、そこには二頭の馬の手綱を持ったバーナードが、苦虫を噛みつぶしたような顔で立っていた。

いつも穏やかな表情をしている彼が、珍しい。

「……メルヴィン」

そして固い声でメルヴィンを呼ぶ。どうやら二人は、知り合いであるらしい。

「ははっ！　なんだよおっさん、そのしけた顔。随分と余裕をなくしちまってまあ！」

小馬鹿にしたように、メルヴィンが愉《たの》しげに高らかにケラケラと嗤う。

コーデリアにとって、バーナードは何度も自分を助けてくれた『良い人』だ。

何故メルヴィンが彼に対し、そんな酷い態度をとるのかわからない。

「残念だったな。コーディは返してもらった。これでもう俺は自由だ」

メルヴィンはそう言って肩を竦め、バーナードから馬の手綱を奪い取ると、一度コーデリアを地面に下ろした。

ふらつきつつも、コーデリアが久しぶりの地面の感覚に安堵したところで。

その隙をついて、バーナードがコーデリアへと手を伸ばした。

だがその手がコーデリアに届く前に、メルヴィンが何事かを小さく呟く。

するとたちまち凄《すご》まじい突風が起きて、バーナードを吹き飛ばし、近くの土壁に叩きつけた。

「ぐっ……！」

バーナードは呻き、その場に崩れ落ちる。

「バーナードさん……！　大丈夫ですか⁉」

あの質量のある筋肉の塊が容易く吹き飛んだことに驚きつつ、心配したコーデリアが彼の元へ駆け寄ろうとすると、腰をメルヴィンに攫《さら》われ、そのまま馬の上へと乗せられた。

目線が一気に高くなり、コーデリアは怯える。

そんなコーデリアの後ろにメルヴィンも乗り込み、その腰に腕を回す。

「ちょっと！　メルちゃん……！」

「あの筋肉馬鹿が、あれくらいで死ぬわけないだろ」

そしてメルヴィンは、馬首を頽《くずお》れたバーナードの方へ向けて、馬上から彼を見下ろす。

バーナードもまた顔を上げ、メルヴィンを睨みつける。

どうやらメルヴィンの言う通り無事だったようだ。結構激しく叩きつけられたはずだが。

「――これ以上俺からコーディを奪おうとするなら、殺すぞ」

メルヴィンのこれまで聞いたことがない温度を感じさせないような冷たい声に、コーデリアの背筋がぞくりと震えた。

だが『これ以上コーデリアを奪われたくない』というメルヴィンの言葉の意味がよくわからない。

そもそもコーデリアはこの町で、ただ呑気に生活していただけである。特に誰かに奪われた記憶はないのだが。

　メルヴィンは一体何と戦っているのだろうか。コーデリアは不安になってしまった。

「行くぞ。コーディ」

「行くって、一体どこへ……？　きゃあ！」

　メルヴィンが馬の腹を蹴り、ものすごい速度で馬を走らせ始めた。

　馬に乗るのは初めてだ。視線の高さや速度が馬車とは全然違う。

　恐怖と緊張で体が震え、上手に呼吸ができない。すでに指先が冷たくしびれている。

（落ち着いて、私……！）

　このままでは過呼吸になってしまう、と思ったところで。

　背後からメルヴィンに包み込むように抱きしめられた。しっかりと支えるべく下腹に回された彼の手が、酷く熱い。

「――悪いが少し我慢してくれ。できるだけあの筋肉から離れておきたいからな」

「筋肉って……」

　その筋肉にはバーナードという名前がある。ちゃんと名前で呼んであげてほしい。

　コーデリアは堪えきれず、小さく吹き出してしまった。

「力を抜いて、俺の体に寄りかかってろ。絶対に落とさないから」

　優しい声で耳元に囁かれ、コーデリアはその通りにした。

確かにメルヴィンの体は、思いの外体幹がしっかりしており、コーデリアが寄りかかったくらいではびくともしない。

バーナードのことを筋肉だと馬鹿にしているが、メルヴィンも大概筋肉質である。

メルヴィンに身を預けているうちに、コーデリアの緊張も解けてきた。

町を出てきた時点ですでに太陽は傾いていたのだが、とうとう完全に太陽が沈み、周囲が夜の帷《とばり》に包まれ、真っ暗になってしまった。

流石にこれ以上馬で走るのは、危険だと判断したのだろう。

メルヴィンは一度馬を止めて下りると、精霊の力を借りて火を熾す。

メルヴィンの魔力を糧として燃えるその火は、薪《まき》を必要としないらしい。やはり魔力とは便利である。

久しぶりに見る魔力の火を、コーデリアはぼうっと見つめた。

「コーディ。ほら、来い」

伸ばされた手に縋《すが》るようにして、コーデリアも馬から下りる。

メルヴィンの腕はまるで重みを感じないかのように、コーデリアをふわりと地面に下した。

口調はそっけないのに、その手つきはまるで酷く壊れやすいものを扱うように丁寧で。

（——相変わらず、優しい）

すっかり変わってしまった彼の変わっていない部分を見つけ、コーデリアは嬉しくなる。

「陽が昇るまで休む」

馬の手綱を近くの木に括《くく》ってからそう言うと、メルヴィンは、コーデリアを背中から抱き込む。

そして彼の纏っている、漆黒の生地に金糸で刺繍が施されたローブの中に包まれた。

春とはいえ、夜はまだ肌寒い。きっと寒がりのコーデリアを温めてくれているのだろう。

（やっぱり優しい……）

施設にいた頃も、寒い日はこうして身を寄せ合って、暖をとっていたのだった。

あまりの懐かしさに、涙が出そうだ。

今日一日、あまりにも色々なことがありすぎて疲れ果てていたコーデリアは、メルヴィンの温もりに一気に睡魔に襲われ、そのまますぐに眠りに落ちた。

翌朝、昇り始めた太陽の光を瞼の裏に感じ、コーデリアは目を覚ました。

昨日まであった肩の痛みはもうない。相変わらず化け物じみた回復力だと、自分に呆れる。

それにしても腰のあたりに何か硬くて熱いものが押し付けられていて、妙に居心地が悪い。

（……小刀《ナイフ》か何かかしら？）

そんなことを考えながらコーデリアが身じろぎをしたところ、メルヴィンが一気に体を引き離してきた。

突然それまであった背中の温もりが引《ひ》き剥《は》がされ、コーデリアはぶるりと体を震わせる。

目が覚めたからって、そんなに急いで離れなくてもいいのにと思いつつも、コーデリアは微笑んでメルヴィンに「おはよう」と声をかけた。

「……ああ」

「『ああ』じゃなくて『おはよう』でしょ？」

子供の頃のように腰に手を当ててメルヴィンを冗談半分に叱ると、彼は少しだけ唇を尖らせる。

「……おはよう、コーディ」

だが素直にそう言って、メルヴィンは眩《まぶ》しそうにとろりと目を細めた。

その顔はとても可愛い。けれども酷く眠そうだ。

色が混じり合う綺麗な目の下に、うっすらと隈《くま》ができている。

「メルヴィン。眠れなかったの？」

「……まあ外だからな。しかたがない。こう見えて俺は繊細なんだ」

戯《おど》けるように言って、メルヴィンは肩を竦める。

だがコーデリアは、すぐにそれが嘘だと気が付いた。

（――違う。メルちゃんは一人で寝ずの番をしてくれていたんだわ）

この世界は平和ではない。街の外に出れば、魔物や盗賊がウヨウヨしている。

だからメルヴィンは、疲れ果てたコーデリアが呑気に眠っている間、魔物や盗賊が襲ってきたらすぐに対処できるよう、一晩中起きて周囲を警戒してくれていたのだろう。

彼の献身は、コーデリアが気にしないようにと、いつだってさりげなく分かり辛《づら》く差し出される。

「ありがとう、メルヴィン」

だからコーデリアは、それを見過ごさないように気を付けなくてはいけないのだ。

するとメルヴィンはそっぽを向いて、「別に」とだけ言った。してやったりとコーデリアは笑う。

それからまた先ほどのように、彼に背中からすっぽり包み込まれるような形で馬に乗る。

早朝は空気が澄んでいて、遥か遠くまで見渡すことができる。

馬にもメルヴィンにも随分と慣れ、高い視点から周囲の風景を楽しむ余裕も出てきた。

やがて太陽が真上に上がった頃、高い外壁に囲まれた、大きな街が見えてきた。

この世界に唯一残された人間の国。ファルコーネ王国の美しき王都。

中心部に連なる尖塔《せんとう》は、王宮の一部だ。

久しぶりに見たその壮麗な姿に、コーデリアは思わず目を細めた。

メルヴィンが王都をぐるりと囲む高い外壁にある門へ向かうと、そこを守る兵士たちは、彼の顔を見ただけであっさりと門を開けた。

まさかの顔認証《パス》である。つまりメルヴィンはこの王都で暮らしていて、さらにこの門を頻繁に行き来しているということだろう。

「メルヴィンは、ずっと王都にいたの？」

「ああ。あの施設を出てから、ずっと王都で暮らしてる」

知らなかった。だったら何故コーデリアが王都にいるうちに、会いにきてくれなかったのか。

（そもそもバーナードさんは、何故メルヴィンのことを私に教えてくれなかったのかしら）

コーデリアはメルヴィンのことを、よくバーナードに話していた。

施設で共に過ごした、大切な親友なのだと。いつかまた、会いたいのだと。

だからもしメルヴィンのことを見かけたら、教えてほしいと。

その際にメルヴィンの容姿についても、詳細に伝えていた。

銀の髪に赤い蛋白石色の目など、そうそういるはずがない。気づかないはずは、ないのに。

改めて考えてみると、これまでのバーナードの行動に何やら違和感を覚えて、コーデリアの胸がもやもやとする。

彼らがコーデリアに優しくしてくれたのは、本当にただの厚意によるものだったのか。

そこに何らかの裏があったのではないか。

考えるとコーデリアの心は沈む。人を疑うのは、酷く疲れることだ。

速度こそ落としたが、王都内に入った後も騎乗のままで、メルヴィンは移動している。

何やら周囲からの視線を感じる。おそらくこんな街の中心部を、馬で移動しているからだろう。しかも年若い男女の二人乗りである。

相変わらずメルヴィンは、包み込むようにコーデリアの背中にぴったりとくっついていた。頭のてっぺんには、メルヴィンの顎が乗せられている。おそらく彼の顎置きに最適な位置に、コーデリアの頭はあるのだろう。

先ほどまでは人目がなかったから良かったが、街の中ではさすがにいたたまれない。

「メルヴィン。恥ずかしいわ。ちょっと離れて……」

「なんで」

「だって、人に見られているじゃない」

「他人に見られたところで、どうでもいいだろう?」

きっと彼の目には、道行く人々がただの有象無象にしか見えないのだろう。路傍の木や石と同じように。

「俺の人生とは、どうせ関わりのない奴らだ」

「…………」

コーデリアは痛ましげに顔を歪《ゆが》めた。

会えなかったこの六年間。メルヴィンに一体何があったのだろうか。

子供の頃はもう少し素直で、他人への思いやりも持ち合わせていた気がするのだが。

すっかり拗《す》ねて、やさぐれてしまっている上、何やら言葉遣いまで随分と悪くなっている。

「……メルヴィン。自分さえ良ければ他人はどうでもいい、って考えは良くないわ」

小さな子供を諭すように、コーデリアは説いた。

するとメルヴィンは小馬鹿にするように鼻で笑った。やはり可愛くない。

近々しっかりと時間を取って、説教をする必要がありそうだ。

「ところでメルヴィン、どこへ向かっているの？」

「王都にある俺の家」

なんと、メルヴィンは王都に家を持っているらしい。

王都に自分の家を持つなんて、相当難しいはずなのだが。

王都は魔物の侵入を阻むべく、周囲を大きな外壁に囲まれているため、土地自体が少ない。

だというのに魔物から逃れようとした人々が、国中から大量に流入してくる。

よって王都は、人が住む場所が全く足りていないのだ。

「持ち家なんて、すごいわね！」

「……別に。貰《もら》ったから、ただ使っているだけだ」

家をただでポンとくれる人なんて、この世に存在するのか。

そしてそれはいったいどんな人物なのか。——嫌な予感しかしない。

（——ねえ、メルちゃん。本当に私の知らないこの六年間、何があったの？）

コーデリアは、一気に不安になってしまった。

自分が呑気に平和に暮らしている間に、メルヴィンはどうやって生きてきたのか。

「着いた。ここだ」

そう言ってメルヴィンが馬の脚を止めたのは、その周辺でも一際大きく、そして美しい屋敷だった。

コーデリアは思わずその屋敷を見上げ、あんぐりと口を開けてしまった。

「め、メルちゃん。本当にここ……？」

動揺のあまりコーデリアの口から、かつての呼び名が漏れてしまう。

「ああ、俺の家だ」

嫌な予感はしていたのだ。やたらと豪奢《ごうしゃ》な屋敷が並んだ、明らかに高級住宅街である街並みに脚を踏み入れた時から。

これはどこからどう見ても、貴族の大邸宅である。

かつて住んでいた生家よりも、ずっと豪華で大きい。

「め、メルちゃん。なんかいけないことに手を出してるの……？」

コーデリアは思わず心配になって聞いてしまった。

だって普通に生きていたら、こんなところに住めるわけがない。

「違えよ。っていうか、いい加減その呼び方をやめろ」

「正直に話してちょうだい。何か困ったことがあるなら――」

「だから違えって」

面倒そうな顔をしてメルヴィンが外門を開ければ、屋敷の中から執事と思《おぼ》しき男性と、侍女が数人迎えに出てきた。

「おかえりなさいませ、旦那様」

「ああ」

使用人たちが恭しくメルヴィンに頭を下げる。どうやらここは本当に彼の家らしい。

「何か食べるものを適当に用意してくれ。それから彼女の世話を頼む」

混乱した頭のまま、コーデリアは侍女に窓際の日当たりの良い部屋へと案内される。

元々女性が使用することを想定して作られたのであろう美しいその部屋は、白を基調にした家具が置かれ、花瓶には大輪の薔薇《ばら》が活《い》けられている。

それから浴室に連れ込まれ、血と汗で汚れた服を脱がされ、体の隅々まで洗われた。

使用人から入浴の補助を受けるなど、お嬢様として生家で過ごした時以来である。

なんとも恥ずかしくて、いたたまれない。かつては何とも思わなかったのに。

入浴が終わると、体への締め付けの少ないシュミーズドレスを着せられる。

肌に触れるこの滑らかな感触は、絹だ。

それから良い匂いのする香油をつけられ、髪を梳《くしけず》られる。

コーデリアのまっすぐな黒髪が、艶やかに背中に流れていく。

久しぶりのお嬢様の生活。全てが懐かしくて、涙が出そうだ。

「お美しゅうございますわ」

そう言って微笑む侍女たちに、コーデリアを侮るような様子はない。

(私が魔力持ちだって知らないからかしら？)

知っていたら、こんなに優しくしてもらえるはずがない。

「さあ、どうぞこちらへ。旦那様がお待ちです」

侍女に案内されるまま、コーデリアは広い食堂へと入る。

そこは高い天井にシャンデリアが吊《つ》り下げられた、贅沢《ぜいたく》な空間だった。

その中心には縦長のテーブルが置かれており、メルヴィンはすでに席に着いている。

テーブルの上にはよく磨かれた銀のカトラリーと、真っ白な皿が並べられていた。

コーデリアは表面上微笑みを浮かべながらも、かつて母に叩き込まれた食事マナーを必死に思い出しながら、案内された席へと向かう。

そして執事に引いてもらった椅子に腰掛け、メルヴィンの方へ体を向けた。

メルヴィンは魂が抜けてしまったかのような惚《ほう》けた顔で、コーデリアを見つめていた。

「メルヴィン？　どうしたの？」

コーデリアが声をかけたら驚いたのか、彼はほんの少し飛び跳ねて誤魔化《ごまか》すように一つ咳払《せきばら》いをし、何事もなかったかのように食前酒の入った杯を口につけた。

だがその頬が、その耳が、ほんのりと赤い。

(相変わらず照れ屋さんなのね)

ほっこりとしたコーデリアは、それまでの緊張が解けた。

そう、自分の目の前にいるのはあのメルヴィンなのだ。何をそんなに難しく考えているのか。

その後料理が運ばれてきて、メルヴィンは美しく正しい所作で食べ始める。

一応お嬢様として生きた経験のあるコーデリアのマナーの方が、よっぽど怪しい。

かつては施設で、残飯のような食事を手掴みで共に食べていたというのに。本当に一体何があったのか。

「あの筋肉に仕込まれたんだよ。これから先、人前で食事をする機会が増えるからしっかり覚えておけって」

コーデリアがずっと自分の手元を見ていることで気づいたのだろう。

その疑問にメルヴィンが答えてくれた。

どうやらバーナードは、この王都でメルヴィンの世話役をしていたようだ。

「あんな形《なり》で奴は、子爵家の次男だか三男だかしくてな」

ただの善良な筋肉かと思いきや、お貴族様だったらしい。驚きの事実である。

「メルヴィンは、バーナードさんと仲が良いのね」

先ほどは随分と緊張感が漂っていたが、元は仲の良い二人だったのだろう。

するとメルヴィンが、心底心外だというような顔をした。

「――違う。あいつは悪い奴だ」

そこに憎しみのような、悲しみのようなものを感じ、コーデリアはそれ以上何も言えなかった。

まともに味がわからないまま、人生で間違いなく最も豪華だった食事を終えて、コーデリアが先ほど侍女に案内された部屋に戻る。

すると何故かメルヴィンも、当然のように付いてきた。

（――まあ、まだ聞きたいことがあったから、ちょうどよかったわ）

執事や侍女のいる前では、少し聞きづらかったことが。

メルヴィンを蔓薔薇《つるばら》の刺繍が施された可愛らしい長椅子へ座るように促すと、コーデリアは彼の隣に腰をかけた。

「……ねえ、メルヴィン。あなたこの六年間、どうやって生きてきたの？」

ここまでの移動の間も、ずっと気になっていた。

だが重い話であろうことは間違いないだろうと、なかなか聞けなかったのだ。

するとメルヴィンが、コーデリアの肩にこてんとその銀色の頭を乗せてきた。

正直重いが、彼が甘えてくることは珍しいので、コーデリアはそのままにすることにした。

「……お前がさ、昔言っただろう。魔力には使い道があるんじゃないかって。……本当は神からの祝福なんじゃないかって」

確かに昔、コーデリアはメルヴィンにそんなことを言った。

魔力持ちがこんなにも冷遇され迫害を受けるのは、おかしいのではないかと。

「ええ。今でもそう思ってるわ」

「もしそれが正しいのなら、俺は神に選ばれた人間ってことになる」

「………………」

どうしよう。メルヴィンが何やら思春期の少年のようなことを言い出した。

だが話の途中で突っ込むのも憚《はばか》られ、とりあえずコーデリアは黙って話の先を促した。

「何だよ、その生ぬるい目。……まあ、気持ちはわかるが」

どうやら痛々しいことを言った自覚はあったようだ。だがメルヴィンは真剣な顔を崩さない。

まるでそのことを、確信しているかのように。

「コーディから文字を学んだおかげで、精霊と意思疎通ができるようになって、魔力の効率的な使い方を編み出したって話はしたよな?」

「ええ。確か『魔法』って名付けたっていっていたわね」

「俺はあの施設で、生贄にされるたびに、その魔法を使って襲ってきた魔物を皆殺しにしていた」

一匹の魔物を殺すために、少なくとも十人近い兵士が犠牲になるといわれている。

だがメルヴィンはたった一人で、魔物の群れを駆逐することができるのだという。

彼が魔物たちと戦っていることは知っていたが、そこまでとは思わなかった。

生贄にされる子供は、街の反対側にある遺跡の柱に縄で括《くく》り付け放置される。

そして死への恐怖から魔力を放出させ、魔物たちを誘き寄せてしまうらしい。

メルヴィンはいつもその柱の前で、己の魔力に誘き寄せられた魔物を殲滅《せんめつ》していたようだ。

「このままずっと俺が生贄として魔物を殺し続ければ、コーデリアの番は来ないだろうと、そう考えていた」

メルヴィンが施設に帰れなければ、今度はコーデリアが魔物の餌にされてしまう。

だからメルヴィンはどんな深い傷を負っても、必ず施設に帰ってきたのだ。

彼の献身を改めて思い知らされ、コーデリアの胸が酷く痛む。

「でも俺のいない間に、コーデリアが酷い目に遭っていることを知って。——このままじゃいけないと思った」


魔力持ちへの偏見がなくならない限り、生きているだけでこんなことが繰り返される。

「——許せなかった。どうしても」

普通の人間は、魔物を倒せない。だが魔力を持っている人間は、魔物を倒すことができる。

ならば本来生き残るべきは、魔力を持っている人間ということではないのか。

だというのに、なぜ自分たちはこんな目に遭っているのか。


「――魔力を持たない人間共を、皆殺しにしてやりたい」


そう、魔力持ちに偏見を持った人間たちが、そもそもいなくなればいい。

メルヴィンにとって、人間を殺すことは魔物を狩ることよりもずっと容易《たやす》い。

現実として発された言葉に、コーデリアの喉がひゅっと掠れた音を立てた。

思った以上に、メルヴィンの憎しみは深いようだ。

彼の周囲でその怒りに呼応するように、精霊たちがチカチカと光っている。

「ああ、そういえば、コーディを傷つけたあの門番たちに、全く同じことをしてやったんだ」

褒めてくれ、とばかりにメルヴィンが歯を見せて笑う。だがその赤蛋白石色の目はどこまでも澱《よど》んでいる。

つまりコーデリアがされたように、彼らを内臓が損傷するまで蹴り飛ばした上で放置した、ということだろうか。

それが事実だとしたら、彼らはもう生きてはいまい。

いつもなら可愛らしく思える彼の八重歯に恐怖を感じ、コーデリアはぞくりと体を震わせた。

「――どうして、とか言うなよ。普通なら、お前は死んでたんだからな」

まさにその言葉を吐こうとしたコーデリアは、慌てて口を噤《つぐ》む。

確かに体に規格外の自己修復機能がついていなければ、あの時コーデリアは間違いなく死んでいただろう。

コーデリアを生贄にさせないため、必死に魔物と戦っていたメルヴィンからすれば、許せることではあるまい。

道理で知らない間に、施設の門番が変わっていたわけだ。

そして新たに任についた門番たちが、子供たちに対し酷く怯えていた理由もわかった。

魔力持ちを敵に回すということは、一体どういうことなのか。メルヴィンは見せしめたのだ。

「あいつら、なんの力も持たないくせに、いい気になりやがって」

昏い声で嗤う、メルヴィンの気持ちもわかる。

コーデリアだって何度も酷い目に遭ってきた。心が黒く染まりそうになったことは一度や二度ではない。――それでも。

「ねえ、メルちゃん。でも本当はちゃんとわかっているんでしょう？」

もし魔力を持っていないという理由で、人間を排除し殺すのならば。

それは魔力を持っているという理由で、自分たちを迫害し排除しようとした者たちの思考と、全く変わらないのだと。

「…………」

メルヴィンは俯き、黙った。

コーデリアよりもずっと賢い彼が、そのことに気づかないわけがないのだ。

だから彼はどれほどの憎しみを抱えていても、結局それを実行に移すことはなかった。

魔力の有無は、ただの能力の差でしかない。善悪といった人間の性質とは、一切関係がない。

魔力持ちだろうが、ただの人だろうが、等しく聖者も愚者もいる。

「――だから、俺はずっと考えていた。魔力持ちであっても人として真っ当に生きていける方法を」

そしてメルヴィンは、しばらく町が襲われないよう、周囲の魔物たちを狩り尽くした後で王都へと向かった。

魔力の利用価値を証明し、魔力持ちへの偏見をどうにかできないかと考えたのだ。

「そうしたらその道の途中で、あの筋肉に会った」

「だから筋肉じゃなくて、バーナードさんです」

バーナードは国軍の兵士で、王都周辺の魔物を討伐する任務についていた。

人の手で魔物を倒すのは難しい。何しろ動く速度も体の強度も、比べ物にならないのだから。

毎日のように、多くの人々が魔物の犠牲になっていた。

唯一人間が魔物に勝てるのは、知性のみだ。それだけ武器にして、人間は戦っている。

「そんで王都の近くであの筋肉が、魔物に苦戦しているところに偶然居合わせて、俺が助けてやったんだ」

きっとバーナードも驚いたことだろう。王都を守るべく魔物と死戦を繰り広げていたら、突然見知らぬ子供がやってきて、あっという間にその魔物を駆逐してしまったのだから。

当時バーナードは国の軍隊で、少将という高い地位にいた。

そして彼の伝手《つて》で、メルヴィンはこの国の国王と謁見する機会を得たのだ。

小さな子供が魔物を倒した、という事実に国王は当初懐疑的であったが、メルヴィンが魔法を目の前で見せたことで態度が一転。

すぐに国中にいる魔力を持つ者たちを保護し、王都に集めるよう指示を出したという。

(話が読めてきたわね……)

突然国から施設に兵士たちが派遣され、子供たちを王都へ連れて行った理由。

それはメルヴィンが魔力持ちの利用価値を、国王に説いたからだ。

「……それから俺はずっと、この国中をかけずり回って、ひたすら魔物を殺し続けた」

そして魔法という技術を確立し、その精度を上げ、王都に集められた魔力を持った人々に惜しみなく教えた。

そうして『魔術師』と呼ばれるようになった者たちは国王直属となり、彼の手足となって働くようになったのだという。

「もちろん魔術師の仕事は魔物退治だけじゃない。治水や土木、医療なんかにも活躍の場を広げている」

全ての魔術師が、戦闘に向いているわけではない。そういったこともメルヴィンは考慮していた。

確かにコーデリアも魔力を持っているが、戦闘には向いていない。

魔物退治以外にも、魔力持ちが生きる道を作ろうとしたのだろう。

そしてそれらの実績を持って、メルヴィンは国王陛下にアースキンという家名を与えられ、伯爵位を叙爵された上で、この屋敷を与えられたらしい。

「す、すごいわ……」

(でもメルちゃん、ちょっと働きすぎでは……⁉)

話を聞いていているだけでも、気が遠くなりそうな業務量だ。

コーデリアは、愕然とした。自分が平和に呑気に暮らしているうちに、彼は随分と大変な生き方をしていたようだ。

なぜメルヴィンが、それほどまでに身を削るように必死に働いていたのか。

それはコーデリアや、あの施設にいた子供たちの未来を守るために他ならない。

コーデリアの全身から、血の気が引いた。

何も知らずにのうのうと過ごしていた己の罪深さに、胸が苦しくなる。

「そういえば、コーディ。ルカを覚えているか？　あいつ、良い魔術師になったぞ。火の精霊を操るだけなら、俺に匹敵するくらいだ」

そう言って少し誇らしげにするメルヴィンを見て、とうとうコーデリアの両目から涙が止まらなくなってしまった。

「ちょ、どうした、コーディ。落ち着け」

ぼろぼろと涙をこぼし続けるコーデリアに、メルヴィンはあわあわと挙動不審になっている。

「……私が今、こうして幸せに生きているのは、あなたのおかげなのね」

メルヴィンはこれまで、どれほど辛く苦しい思いをしてきたのだろうか。

これまでの彼の献身を思い、コーデリアは申し訳なさでいっぱいになってしまった。

「だからコーディは、いちいち大袈裟なんだよ」

メルヴィンは胸元から手巾《ハンカチ》を取り出し、困ったような顔でコーデリアの涙を拭う。

「メルちゃん……！」

辛抱たまらなくなったコーデリアは、彼に思い切り抱きついた。

「わあ！　だからもういい加減、良い歳した男にメルちゃん呼びはやめろって！」

「だって、ずっとあなたのこと女の子だと思っていたんだもの。そんなにすぐには切り替えられないわ」

メルヴィンにぎゅうぎゅう力一杯抱きつきながら、号泣しつつコーデリアは文句を言う。

「そもそも俺のことを、女だと思ってたってことがあり得ねえよ！」

「だって女の子みたいに可愛かったんだもん！　自分のこと『メル』って呼んでたし！　最初から『僕』とか『俺』って言ってくれてたら私だって気づいたもん……！」

するとメルヴィンが、苦虫を噛みつぶしたような顔をした。

「そう、それだよ。コーディがもっと早くにそれを嗜めてくれればよかったのに……」

なんでもバーナードと出会った時、『十四にもなる男が、自分のことを名前で呼ぶのはおかしい』などと指摘され、笑われたらしい。

メルヴィンが自分のことを『メル』と呼ぶのがなんとも可愛くて、つい指摘せずにそのままにしてしまった自覚があるコーデリアは、そっと目を逸《そ》らした。

「……ほう。わざとか」

「すみません……。だって可愛くて……！」

するとメルヴィンが突然体の上にのしかかってきて、コーデリアは長椅子の上に押し倒されてしまった。

「……あら？」

指を絡ませるように手と手を繋がれて、四肢を拘束され、コーデリアはこれまで感じたことのない、肌の表面がヒリヒリするような緊張感に包まれた。

「メルちゃん？　いきなりどうしたの……？」

「なあ、コーディ。今の俺は、女に見えるか？」

少し意地悪げに問われ、コーデリアは凍りつく。

今のメルヴィンは、これまでコーデリアが見てきた男性の中で、間違いなく一番格好良い男性だ。

「ううん。もう見えないわ」

「だったらいい加減、名前で呼んでくれ。俺はお前に男として扱われたい」

熱のこもった目で見つめられれば、コーデリアの口がやたらと渇く。

舌を這わせて唇を湿らせると、コーデリアは何とか小さな声で「メルヴィン」と呼んだ。

するとすぐにメルヴィンの唇が降りてきて、コーデリアの唇を塞《ふさ》いた。

「んんっ……！」

驚いたコーデリアは、思わずくぐもった声を漏らしてしまう。

メルヴィンの唇は、何度も角度を変えて、触れて離れてを繰り返す。

（……何が起こってるの……？）

コーデリアは混乱していた。何故かメルヴィンと口付けをしている。

彼とは夫婦でもなければ、恋人でもない。唯一無二の親友のはずである。

本来ならば、こんなことをしてはいけないはずなのだが。

執拗《しつよう》に唇を啄《ついば》まれ、呼吸がうまくできず思わず口を開けてしまったところで、ぬるりとメルヴィンの熱い舌が口腔内に入り込んできた。

自分の内側を探られる初めての感覚に、コーデリアは体を強張《こわば》らせる。

（一体何でこんなことに……？）

施設を出てからこの六年間、職場と自宅の行き帰りしかしていないコーデリアは、もちろん恋などしたことがないし、しようと思ったこともない。

——そもそも『魔力持ち』は遺伝する。

そのことを考えてしまうと、とてもではないが結婚をして子供を産もうとは思えなかった。

自分と同じ苦しみを、子供に味わわせたくなかったのだ。

よってコーデリアは、恋愛も自分とは無縁のものとして、思考から排除していた。

もちろん診療所で働いているため、男女の間で何が行われているかの知識はあるが、全くの他人事として認識していたのである。

「んっ、んんっ、やっ……！」

メルヴィンの舌が、丁寧にコーデリアの歯の一本一本をたどり、頬の内側をくすぐり、上顎を押し上げ、舌を絡め取ってくる。

自分の声とは思えない、鼻に抜けるような甘ったるい声が、恥ずかしくてたまらない。

唾液の糸を引きながら、ようやく唇が解放された時には、コーデリアの体はくったりと脱力してしまっていた。

荒い呼吸をしたメルヴィンが、コーデリアを抱き上げて寝台へと運ぶ。

そしてそっと優しく横たえた。やはりその手つきは、酷く丁寧だった。

喋《しゃべ》り方《かた》は粗野なくせに、コーデリアに触れる手はいつも驚くほどに優しい。

それはまるで、メルヴィンという人間の性質そのものだと思う。

コーデリアのためならば、どこまでも無私で動くくせに、ちっともそれを表に出さない。

だから見返りなく差し出されたものに、なかなか気づくことができないのだ。

自分のしたことを、もっと自慢げに見せびらかせてくれれば良いものを。

脱力したままのコーデリアの体の上に、メルヴィンがのしかかってくる。

その重みに何故か、不思議と腰のあたりがじんと痺《しび》れた。

そしてまたメルヴィンの唇が、コーデリアの唇に降りてきた。

成長してすっかり全身が硬くなってしまったのに、唇は柔らかなままだ。

口付けを繰り返していると、メルヴィンの手がシュミーズドレスの裾をたくし上げながら忍び込んできた。

コーデリアの太ももの柔らかさを確かめるように、手のひらで優しく触れながら上へ上へと侵入していく。

他人に素肌を触れられることなど初めてで、コーデリアはくすぐったさに身悶《みもだ》える。

やがてメルヴィンの手が腰に触れ、背中に触れて、とうとう着ていたシュミーズドレスを首から抜き取られてしまった。

下着姿になったコーデリアを、赤蛋白石色の目をとろりと細めて、メルヴィンはじっくりと見つめてくる。

そこでようやく羞恥で我に返ったコーデリアは、慌てて腕で体を隠し、メルヴィンを睨みつけた。

「何をするのよ……！」

そしてシュミーズドレスを取り返そうとするが、メルヴィンはそれを床に投げ捨ててしまう。

「何って、これからコーデリアを抱くつもりだが」

（ひいっ！）

やはりメルヴィンは事に至るつもりらしい。だがそれに至る理由がわからない。

「だからなんで……!?」

自分たちは親友ではなかったか。慌てふためくコーデリアを、メルヴィンは呆れたような目で見やった。

「これから先のコーディの全ては、俺のものだって言っただろ？」

「…………」

確かに言われた。命を助けたんだから、この先の人生を全てよこせと。

(俺のものって、そういう意味だったの……⁉)

全くもって思い至らなかった。だが冷静になって考えてみれば、それ以外の意味にとるほうが逆に難しい言葉だった。

「——ずっと会いたかった。やっと会えたんだ。もういい加減、俺のものになってくれたっていいだろう」

うっすらとだが、メルヴィンの赤蛋白石色の目が潤んでいた。まるで本物の宝石のように。

これまでどんな酷い目にあっても、彼の涙なんて見たことがなかったのに。

それだけでメルヴィンが、コーデリアを強烈に求めていることがわかる。

そしてそのことを認識した瞬間、きゅうっと下腹が甘く疼《うず》いた。

自分がメルヴィンに向ける感情が、恋や愛といったものだという自信はない。

だがコーデリアが世界で最も大切に思っている人は、間違いなくメルヴィンだった。

そしてコーデリアを世界で最も大切に思ってくれる人もまた、間違いなくメルヴィンだった。

(——私、メルヴィンを受け入れたいんだわ)

コーデリアはこれまでのメルヴィンの献身に、どうしても報いたいと思ってしまった。

彼が望むのならば、コーデリアの持っているもの全てをあげたい。

——たとえそれが、コーデリア自身であっても。

覚悟を決めたコーデリアは体から力を抜くと、メルヴィンの耳元で囁いた。

「――うん、いいよ。全部あげる」

全然大したものではないけれど、メルヴィンがそれを望むのなら。

コーデリアがどこか幼く答えた言葉に、くう、とメルヴィンの喉が小さく鳴った。

そしてまた噛《か》み付くように、口付けをされる。

心が決まれば、もはやメルヴィンの唇の感触は、ただ心地良さしかなかった。

メルヴィンの手が忙しなく布製の柔らかなコルセットを外し、ドロワースを引《ひ》き摺《ず》り下ろす。

そうして生まれたままの姿になったコーデリアを、メルヴィンは食い入るようにじっと見つめていた。

子供の頃に十分な栄養が取れなかったからか、コーデリアの体は華奢で、全体的に女性らしい膨らみに乏しい。

がっかりされたらどうしようと思いながらも、彼のものになると決めたのだから、好きにさせようと、コーデリアは羞恥に耐える。

「――綺麗だ。すごくすごく、綺麗だ」

するとまるで子供のような幼い表現で、メルヴィンはつぶやいた。

そんな真っ直ぐな言葉をかけられるとは思わず、動揺したコーデリアの体が、薄紅色に染まる。

メルヴィンの大きな手が、コーデリアの小ぶりな乳房を優しく掴む。

その手はあくまでも慎重だ。コーデリアが痛みを感じないように、彼女の様子を窺いながら、やわやわと揉《も》み上げる。

くすぐったくて思わずコーデリアが小さく笑うと、メルヴィンは少しだけ拗ねたように唇を尖らせ、顔を胸の頂に近づけて舌で舐め上げた。

「っ！」

掻痒《そうよう》感が満たされたような甘い感覚が走り、コーデリアの息が跳ねた。

その反応が気に入ったのか、メルヴィンは執拗にコーデリアの乳首を刺激する。

「やっあ、あっ！」

すっかり固く勃ち上がったその実を、吸い上げたり、軽く歯を当てたり、舌先で押し潰したりと、刺激される度に甘やかな声が漏れ、腰が跳ねて、何故か触れられてもいないコーデリアの下腹部が疼く。

「メルヴィン……！　もうやめて……」

体が変なのだと、そうメルヴィンに伝えれば、むしろ嬉しそうな顔をされてしまった。

堪えきれず必死に手で彼の頭を掴み、胸から引き離そうとしたら、その両手首を頭の上でまとめて寝台に押し付けられてしまった。

「抵抗するなよ。もう俺のものなんだろう？」

そう言われてしまえば、何も言い返せない。

潤む視界で睨みつけても、ちっとも気にしていないようだ。

そしてメルヴィンの空いている方の手が、コーデリアの下肢へと伸ばされる。

髪と同じ柔らかな黒い下生えを掻《か》き分け、その奥に隠された場所へと。

「ひゃっ……！」

自分でまともに触ったことないそこにある割れ目をなぞるように、メルヴィンの指が触れる。

そしてつぷりと沈み込んだその指が、小さな水音を立てた。

「……よかった。濡《ぬ》れてる」

安堵したように言われて、これまた恥ずかしさにコーデリアは泣きそうになった。

女性が性的に興奮すると、男性器を受け入れるためそこが濡れることは、医療補助をしていたため知識としては知っていた。

ただ自分の体にもちゃんとその機能が備わっていること、そして自分が今、性的に興奮しているとメルヴィンに露見したことが、恥ずかしくてたまらなかったのだ。

メルヴィンに胸を弄《いじ》られる度に下腹部が締め付けられるように疼き、内側から何かが滲《にじ》み出《で》ていることにも気付いていた。だが信じたくなかった。

コーデリアの蜜を絡ませたメルヴィンの指が、ぬるぬると割れ目の内側を探る。

やがてその指先が、固く痼《しこ》った小さな神経の塊を捕らえた。

「あああっ……！」

これまでとは段違いの、痛みにも似た強い快感に、コーデリアは思わず高い声をあげて体を強張らせた。

それから救いを求めるようにメルヴィンの顔を見上げ、口角を大きくあげてニタリと笑うメルヴィンと目が合ってしまった。

なんということだろう。いつもは可愛く見える八重歯が、まるで悪魔の牙のように見える。

「……へえ、ここがいいのか」

「ま、まって。そこはなんだかいけない気がするの……」

何せ少し触れられただけで、痛みすら感じるほどに、感覚が鋭いのだ。

「わかった。優しく触ってやる」

そう言ってメルヴィンは、本当に触れるか触れないかの優しすぎる強さで、その小さな芽の表面を撫でた。

それだけで太ももに力が入り、ぞくぞくと腰が震える。

その刺激は優しいが酷く執拗で、快感が積み重なっていくのに、決定打がもらえない。

気持ちが良いのに果てが見えず、コーデリアは辛くなっていった。

いけないと言った手前、もう少し強くしてほしいとも言えず、コーデリアは泣きそうになる。

メルヴィンは相変わらずニヤニヤと楽しそうに笑っている。

これは絶対に、わかってやっているに違いない。

「メルヴィンのいじわる……」

思わず口から溢れた言葉に、メルヴィンの顔が嗜虐《しぎゃく》的に歪んだ。

「──へえ」

しまった、と思った時にはすでに時遅く。

すっかり腫れ上がった神経の塊を、容赦なく指の腹でぎゅっと押しつぶされ、溢れるぎりぎりまで溜《た》め込《こ》まれていた快感が決壊した。

「────っ！」

一気に絶頂に押し上げられたコーデリアは、背中を弓形にしならせ、爪先でシーツを掻《か》く。

メルヴィンはビクビクと体を跳ね上げるコーデリアの体を強く抱き込むと、脈動する蜜口にそっと指を差し込んだ。

よく濡れたそこは、抵抗なくすんなりとメルヴィンの指を受け入れた。

ひくりひくりと断続的に起きる脈動を楽しむように、メルヴィンは膣《ちつ》壁を撫で、拡《ひろ》げるように押し上げる。

その度にぐちゅぐちゅといやらしい水音がして、コーデリアを居た堪《たま》れない気持ちにさせる。

異物感が酷いのに、何故か追い詰められていくような感覚に苛《さいな》まれる。

やがて指が滑らかに出入りできるようになったところで、メルヴィンはもう一本指を増やした。

「や、むり……！」

圧迫感が一気に増して、コーデリアは眉間に深い皺を寄せた。

「大丈夫だ。入った。いいから力を抜け」

それは『無理矢理《むりやり》入れた』の間違いではないのか、とコーデリアが恨みがましくメルヴィンを見れば、彼は宥めるように、皺の寄った彼女の眉間に口付けを落とす。

やがて二本の指も抵抗なく飲み込めるようになったところで、メルヴィンがコーデリアの内側から指を抜いた。

それから一度コーデリアから身を離し、着ていた服を脱ぐ。

「っ！」

メルヴィンは、均整の取れた美しい体をしていた。

全体的に実用的な、しなやかな筋肉がついており、想像以上に逞しい。

だがそんなことよりもコーデリアの目を引いたのは、身体中に散らばる無数の傷だった。

おそらくこの六年間の魔物討伐で負った傷だろう。

もしコーデリアがそばにいたら、こんな傷痕を残さないで治すことができたのに。

コーデリアは手を伸ばし、そこにある傷一つ一つに触れた。

もう治ってしまった傷に、コーデリアの治癒は効かない。だからこの傷痕は、消せない。

「痛かったわね……」

彼の傷の痛みを想像し、コーデリアは泣きそうになった。

(代わってあげられたらよかったのに……)

どうせ自分なら、すぐに治るのだから。

「……そんな顔をするな。別に大したことじゃねえよ」

困った顔でそう言って、メルヴィンはコーデリアの頭を撫でた。

「――でも」

「だったらその体で慰めてくれ。俺は今、コーデリアの中に入りたい」

さらに言い募ろうとするコーデリアの言葉を遮るように、焦れた口調でメルヴィンは言った。

そこで初めてコーデリアは、メルヴィンの股間に聳《そそ》り立つものに気付いた。

指とは比べ物にならない太さと大きさのそれに、今更ながらに怖気《おじけ》付《づ》く。

(これは無理なのでは……)

主に、体格差による規格の違いの問題で。コーデリアは震え上がった。

だがメルヴィンはコーデリアの脚を大きく割り拡げると、蜜口にその熱くて大きくて硬いものをあてがった。

恐怖で体を硬くするコーデリアを宥めるように、彼女の顔中に優しい口付けを降らせる。

その心地よさにうっとりしたコーデリアが、うっかり体の力を抜いたところで。

「いっ……！」

メルヴィンが一気にコーデリアの中に入り込んできた。

体の中をこじ開けられるような痛みに、コーデリアの喉が、かはっと乾いた音を立てた。

しっかり根元まで捩《ね》じ込まれて、接続部がじんじんと耐え難い痛みと熱を伝えてくる。

荒らげそうになる呼吸を落ち着かせ、ゆっくりと深く吸って吐いてを繰り返す。

それはこれまで数多《あまた》の暴力を受け、多くの傷を負い、痛みと闘ってきたコーデリアの無意識下の行動だった。

いつだって痛みに慣れたわけではない。ただ、その堪え方を覚えただけだ。

メルヴィンは繋がったまま、コーデリアの背中を優しく撫でる。

たちまちコーデリアの魔力が、傷ついた箇所を修復していく。

やがて痛みは消え、ただ彼がいる圧迫感だけが残った。

その間メルヴィンは一切動かなかった。眉間に深い皺を刻み、唇を噛み締めながら、必死に堪えていた。

呼吸は荒く、微《かす》かに腰が震えている。それでも絶対に動かなかった。

コーデリアは下から手を伸ばし、メルヴィンの頭を優しく撫でた。

随分と短くなってしまったが、その少し硬めの手触りは、昔と変わらない。

小さくメルヴィンの喉が鳴る。その瞬間に、彼の額に浮いていた汗が落ちて、コーデリアの

頬を打った。

おそらく彼は最初から、コーデリアの体が癒えるまで、動くつもりはなかったのだろう。

「……もう大丈夫。痛くないわ」

耳元で囁いてやれば、メルヴィンはわずかに腰を引き、また根元まで押し込んだ。

恐る恐る、といった感じのその動きが、愛おしくてたまらない。

もう痛みはなく、かといって明確な快感もない。ただ不思議な充足感があった。

すると今度は先ほどよりも大きな動きで、メルヴィンはコーデリアを穿《うが》った。

「あんっ……！」

奥を刺激された時、思わず声が出た。そしてわずかに生じる、快感らしきもの。

それを拾い上げる前に、メルヴィンの手が伸ばされ、つながった場所のすぐ上にある敏感な芽を根元から擦り上げられた。

「や、ああっ……！」

分かり易い快感に、またコーデリアの腰が跳ねた。

抽送と共に陰核を刺激され、また蜜が滲み出る。

「メルヴィン……」

思わず、助けを乞うように名前を呼んだら、彼の腰がびくりと跳ねた。

そしてすぐに一際激しくコーデリアの奥へと突き込むと、小さく情けない呻《うめ》き声《ごえ》をこぼした。

「っ……！」

メルヴィンのものが、コーデリアの中で脈を打っている。

おそらく彼が動いていた時間は、堪えていた時間の十分の一もなかっただろう。

しばしの沈黙ののち、メルヴィンが俯いたまま口を開いた。

「……誰しも、初めてはある」

「そうね」

「……むしろ初めてにしては、頑張ったと思う」

「そうね、私もそう思うわ」

目元を真っ赤にして、なにやらうだうだと言い訳をするメルヴィンに、コーデリアも至極真面目に答えてやる。

実際に彼は相当頑張ったと思う。彼の行為のその全てが、コーデリアへの気遣いと労りに満ちていた。

それから力を失って、自分の上に落ちてきたメルヴィンの体の重みを感じながら、コーデリアは満たされた気持ちで目を閉じる。

そして心地よさのあまり、そのまま眠ってしまったらしい。

ふと目を覚ませば、コーデリアはまだメルヴィンと繋がったままであった。

とりあえず抜いたほうがいいかとも思ったが、メルヴィンに強く抱きしめられていて全く動けなそうにない。

どうやら彼が起きるまで、待つしかないようだ。

だがこのままでいるのも、なんとも居た堪れない。

（……これからどうしよう）

メルヴィンとの明確な関係性も定まらないまま、体を繋げてしまった。

親友という枠からは外れてしまったが、恋人と呼ぶには何かが足りない。

（つまり性的な関係を伴う友人……？）

それは何やらとってもふしだらな気がする。コーデリアは内心頭を抱えてしまった。

「……んん？」

コーデリアが一人悶々《もんもん》としていると、中に入ったままのメルヴィンの質量と硬度が一気に上がった。

「メルヴィン？」

小さく声をかけたが返事はない。まだ寝ているのだろうかと思ったが、コーデリアの中にいるメルヴィンがどんどん硬く大きく元気になっていく。

「起きているの……っあっ！」

さらに中をゆるゆると擦り上げられ、思わずコーデリアは嬌声《きょうせい》をあげた。

これは絶対に狸《たぬき》寝入りだ。だがそのまま腰を打ちつけられると、体の力が抜けてしまう。

「ちょっと！　メルヴィンったら、や、あっ！」

カプリと耳に歯を立てられ、ぞくぞくっとコーデリアの背筋にくすぐったい何かが走る。

これ以上の寝たふりは諦めたのだろう、メルヴィンはコーデリアを寝台に押し付けたまま上体を持ち上げてにっこりと笑った。

その笑顔に嫌な予感しかしないのは、一体何故だろう。やはり口元からのぞく八重歯が、きらりと鋭い牙に見える。

「おはよう、コーディ」

「……おはようって時間ではないと思うわ」

窓の外は真っ暗だ。昨日昼過ぎに体を繋げあってそのまま寝てしまったことを考えると、おそらくは深夜、もしくは早朝だろう。

「体は大丈夫か？」

「ええ、もちろん。知ってるでしょ、私の体のこと」

コーデリアの体は、魔力で自動的に迅速に修復される。そしてそれは疲労にも適用されるのだ。

つまりコーデリアの体力は、ほぼ無尽蔵といっていい。

あの施設でコーデリアが十人の子供たちの面倒を一人で見ることができたのは、その驚異的な体力のおかげでもある。

「それは良かった。まだ朝までたっぷり時間がある。だったら俺の体力の限界まで付き合えるな」

「え？　──やっ！　ああっ……！」

そしてメルヴィンは、そのまま激しくコーデリアを揺さぶり始め。

結局コーデリアは翌朝陽が昇るまで、メルヴィンに体を貪られ続ける羽目になったのだった。

第三章　執着

バーナード・エインズワースはファルコーネ王国国軍にて少将の地位にいる。

彼の仕事は主に、王都周辺に出没する魔物退治だ。

王国軍の殉職率は高い。ほとんどの兵士が数年のうちに魔物に喰《く》われて死んでいく。

そんな中、四十近くなってもしぶとく生き残っているバーナードは、死神に嫌われている男などと揶揄《やゆ》されている始末だ。

よって王国軍は常に人が足りず、待遇を手厚くしてなんとか兵士を掻《か》き集《あつ》めている状態だ。

まあ、誰しも魔物に食われて死にたくはないだろう。

何かしらの事情がない限り、王国軍に志願するような命知らずはいない。

実際に今魔物に腹を食い破られてバーナードの足元に転がっている死体は、結婚する資金を貯めるため、危険と知りながら王国軍に志願したと、昨夜目を輝かせて語っていた若者だった。

ああ、戦いの前に未来を語ると死ぬぞ、などと揶揄うのではなかった。

実際に死んでしまっては、笑い話にならないではないか。

「……流石の俺も、年貢の納め時ってやつか」

周囲を数えきれないほどの魔物に囲まれ、バーナードは独り言ちた。中隊を連れてきたはずなのに、もはや生き残りはバーナードを含めて、たったの五人だ。ここから助かる見通しは、どう考えても皆無である。

できるなら苦しまないよう、一息に殺してほしいなぁ、などと遠い目で魔物たちに願ってしまう。

「隊長は逃げてください。俺たちでなんとか退路を作ります」

生き残っている部下が、震える声で言う。自分だって死ぬのは怖いはずなのに。

「あなただけでも生き延びてください。どうか……」

魔物退治の熟練者《エキスパート》は少ない。何しろみんなすぐに死んでしまうからだ。

つまりバーナードを失うということは、この国の魔物討伐の要の一つを失うに等しい。

部下の気持ちは嬉しいが、この状況から生き残るのは流石に無理だろうと、バーナードは苦笑する。

さて今後を生きる後進のためにも、できる限り魔物を屠ってから死なねばとバーナードが覚悟を決めたところで。

突然空から火の矢が降り注ぎ、瞬く間に周囲の魔物を燃やし尽くした。

「何だ……⁉︎」

毛と脂の燃える不愉快な臭いが立ち込める中、やがて煙の切れ間から一人の子供が現れた。

(――天使？)

バーナードがそんな非現実なことを考えてしまうほどに、その子供は美しかった。

膝裏に届かんばかりの長さの、透き通るような銀の髪。

様々な色が踊る、赤蛋白石色の目。

飾り気のない貫頭衣《かんとうい》のような服を着ており、足元は裸足《はだし》だ。

年齢は十をいくつか超えたくらいだろうか。

中性的な見た目をしているが、微かに発達途中の喉仏があるため、少年と思われた。

慄《おのの》くバーナードに、少年は足音なく近づいてくる。

そしてバーナードの目の前に来ると、その少年は問うた。

――「お前は偉い人間か？」と。

この子供は一体何を言っているのかと、バーナードは目を瞬かせた。

「メルは人間の中で、一番偉い奴に会いたい」

『メル』というのは、この少年の名前だろうか。

自分のことを名で呼ぶなど、その老成した雰囲気にそぐわず、随分と幼い話し方をする。

「……俺は、実はまあまあ偉い人間だが」

バーナードが答えれば、少年はみるからに不服そうな顔をした。

どうやら『まあまあ』程度ではダメだったらしい。

「……バーナード隊長。あの子供、どうやら『魔力持ち』です」

部下の一人が蔑むような目で、おそらくは『メル』という名であろうその少年を見やる。

「あれは、化け物です。まともに話を聞いてはなりません」

聞こえているだろうに、そういった扱いに慣れているのだろう。少年に気にした様子はない。

だがバーナードは、何とも言えない不快な気持ちになった。

「……あの子がいなければ、我々は間違いなく死んでいたんだぞ」

命を助けてもらった分際で、一体何を言っているのだろう。

「それをわかっていて、お前はそんなことをほざくのか」

憤りのまま、バーナードは部下を睨《ね》め付ける。

すると彼はきまりが悪そうな顔をして、目を逸らした。

もちろん『魔力持ち』について、バーナードとて知っている。

――かつてこの世界を滅ぼそうとしたと謂《い》われる、災厄。

バーナードは周囲を見渡す。そこには十を軽く超えるであろう魔物の屍《しかばね》が燃え続けていた。

確かにとんでもない力だと思う。かつて魔力持ちが世界を滅ぼしかけたというのも理解できる。

目の前の少年の手にかかれば、自分達もあっという間に魔物たちの仲間入りだろう。

それでも目の前の少年は、とてもではないが災厄には見えない。それどころかむしろ――。

(天に住まう神の御使《みつか》いだといわれた方が、腹落ちするな)

その背中に翼が生えていないのが不思議なくらいに、現実味のない美しさだ。

「――だったらメルを、お前よりも偉い人間に会わせろ」

メルの有無を言わせぬような言葉に、バーナードは我に返る。

メルはバーナードを真っ直ぐに見つめていた。

全てを見透かすかのような彼の蛋白石色の目に、バーナードは畏怖を覚えた。

心臓が早鐘のように、速く打ち付けている。

まるで圧倒的上位の存在に、相対するような感覚だ。

生き残った部下たちも、この目の前の少年に圧倒され、何も言えなくなっていた。

「会って何をするつもりだ」

歴戦の兵士であるバーナードすら声が震えていた。いい年したおっさんのくせに、何とも情けない。

この世界で一番偉い人間というならば、最後の人間の国である、ここファルコーネ王国の国王のことを指すだろう。

現在のファルコーネ王は、人格にいささか難があれど、非常に優秀な人物だ。

彼でなければ、もっと早くこの国は瓦解していただろう。

そんな王を、危険に晒《さら》すような真似はできない。

「……人間を傷つけるようなことはしない。ただ、取り引きがしたいだけだ」

「どんな取り引きだ」

「……メルは強い。魔物も殺せる」

確かに強い。バーナードでは到底歯が立たなかった魔物の群れを、この少年は瞬く間に駆逐した。

「メルの力を好きに使わせてやる。その代わりに、メル以外の魔力持ちを保護してほしい」

その話を聞いて、なるほど、とバーナードは納得した。

どうやらこの子には、自分と同じように魔力を持った友人、家族がいるのだろう。

今この国は非常に貧しい。人々から恐れられ蔑まれている魔力持ちは、なおのこと生きることが難しいはずだ。

よって権力者からの保護がほしいのだろう。自分の力と引き換えにしても。

正直言って、かなり魅力的な提案であることは間違いない。

これ以上魔物の侵攻を食い止める方法は、もはやファルコーネ王国にはない。

メルの力を手に入れることができたら、国軍の魔物討伐は随分と楽になり、殉職する兵士たちも減るはずだ。

「……わかった。まずは俺から国王陛下に奏上してみよう」

バーナードはこれまでの魔物討伐の功績から、ファルコーネ王国国王と個人的に交流があった。

王都に戻り、謁見を願い出れば、ほぼ間違いなく通るはずだ。

「国王というのは、たしか国で一番偉い人間だったな」

「ああ、そうだ。今やこの世界に、ファルコーネの国王陛下以上に偉い人間はいない」

かつてはファルコーネなどより、ずっと規模大きな国がいくつもあった。

だがそれらは全て滅び、今や人間の国はファルコーネ以外には存在していない。

「一緒に王都へ行こう。ところでお前の名前は『メル』でいいのか？」

「……うん。ずっとメルと呼ばれていたから、多分、名前なんだと思う」

「メルというのはおそらく愛称だろう。本当の名前はわからないのか」

「知らない。メルは『メル』としか呼ばれなかったから」

愛称でしか呼ばれないような幼い頃に、この子は親に捨てられたのだろう。

おそらくは、その身に持った魔力が原因で。

さらにはまともな教育を受けていないため、自分のことを子供の頃に呼ばれた愛称で呼んでいるのだ。

彼を哀れに思ったバーナードは、心を鬼にして指摘してやった。

「……自分のことを名や愛称で呼ぶのはやめた方がいい。それは一桁前半の年齢の子供のすることだ」

するとメルはその赤蛋白石色の目を大きく見開き、鳩《はと》が豆鉄砲を食ったような顔をした。

彼が初めて見せた表情らしい表情に、思わずバーナードは吹き出してしまった。

「わ、笑うな……！」

「すまんすまん。男なら自分のことは『俺』、もしくは『僕』、きちんとした場では『私』と呼ぶのがおすすめだぞ」

「……………メ、おれは、十三歳だ。もうすぐ十四歳になる。一桁なんかじゃない」

メルが顔を赤くし、憤怒の表情で申告してきた年齢に、バーナードは驚く。

貧しい家の子供なら働き出す年頃だ。

華奢な体と拙い話し方から、もっとずっと幼いかと思っていた。

「さらに言うなら『メル』というのは、あまり男性には使われない愛称だな。お前は女みたいな見た目をしているから、あまり違和感がないが」

「…………！」

さらにメルが衝撃を受けた顔をした。中性的なその見た目はともかく、心はしっかり男の子であるらしい。

バーナードはなにやらおかしくなってきて、笑いが止まらなくなってしまった。

「お前、嫌な奴だ」

「まあ、いい人間ではないな」

気が付けばバーナードの中で、この少年を恐れる気持ちは霧散していた。

たとえ規格外の魔力持ちであろうが、この少年はただの子供であると、そう認識したのだ。

「メルという愛称で、男の名前っていうとうちの国じゃ『メルヴィン』とか『メルヒオール』とかが一般的だな」

「……だったらそれでいい。これからメ……おれのことは、メルヴィンと呼べ」

「わかったよ。メルヴィン」

そしてうっかりバーナードは、彼の命名までしてしまった。

そうなるとこの少年を、まるで親戚の子供のように感じてくるから不思議だ。

王都へ向かう道すがら、バーナードはメルヴィンと色々な話をした。

彼が育った施設のことを聞いた時は、その非人道的な仕組みに激しく憤った。

魔力持ちの子供達を、魔物を誘き寄せるための餌として使う、などと。信じられない所業だ。

メルヴィンは施設に残された子供たちの生き残る道を模索するため、命をかけてその施設から抜け出してきたのだろう。

その崇高な意思に、バーナードは敬意を持つ。この幼さでなかなかできることではない。

最初はメルヴィンを魔力持ちであると警戒していた部下たちも、バーナードとメルヴィンの何気ないやりとりを見て、考えを改めたようだ。

「それにしてもメルヴィン。お前どうしてそんなに髪を長くしているんだ？」

隣を歩くメルヴィンの銀の髪は、膝裏まで届かんばかりの長さである。

女性でもそこまで長くはしない。何かの理由があるのだろうか。

「べつに。特に理由はない。何となくだ」

メルヴィンはそういって、風に煽《あお》られる髪を鬱陶しそうに掻《か》き上げる。

「だったら切ってやろうか？」

「いい」

「何でだ？　邪魔だろうに」

「いい。コーディに編んでもらえなくなるから」

メルヴィンの口から突然出てきた、明らかに女の子のものであろう可愛らしい名に、バーナードは片眉をあげた。

施設にいる友人の名だろうか。だがそれにしては、メルヴィンがその名を呼ぶ声が妙に甘い。

長年人の惚気《のろけ》話を聞き続けた寂しい独り身のおっさんの勘が、そこに色恋の気配を感じ取っていた。

「ふーん。何なら俺が編んでやろうか」

「断る」

「遠慮するなよ」

「燃やされたいのか？」

メルヴィンにぎろりと睨まれるが、バーナードはにやにやする顔が止められない。

どうやらこの坊やは、自分の銀色の髪を優しく編んでくれる好きな女の子のため、頑張っているらしい。

「だとしてももう少し短くしたほうがいいと思うぞ。いくら何でも長すぎるし」

「……………」

「もっと短ければ、髪を編む時にそのコーディちゃんとやらに地肌まで触れてもらえるんじゃないか？」

「…………！」

それは盲点だった、とばかりに見開かれたメルヴィンの目に、堪えきれずとうとうバーナードは吹き出してしまった。

メルヴィンの大切な女の子は、コーデリアという名前らしい。

随分と大きくなってから魔力持ちであることが発覚し、親に捨てられて施設に入ったのだという。

「……そりゃ、しんどかったろうな」

その少女に同情し、バーナードは痛ましげに言った。

物心つく前に捨てられたのならともかく、何もかも知った上で捨てられるのは、さぞ辛かったことだろう。

それまで可愛がられて育てられていたのなら、なおのこと。

「それなのにコーディは、いつも笑って俺たちの面倒を見てくれた」

彼女は獣のようだった子供たちの住環境を整え、人としての道理を教え、なんと教育までもを与えたという。

その少女の存在が、どれほど施設の子供たちの支えとなったのか。

（――まるで聖母みたいだな）

あまりにも出来すぎていると、バーナードはその少女を哀れに思う。

自分自身もまだ幼く守られるべき立場だというのに、それでも自分より幼く弱いものを守ろうとするなんて。

この世界には、時に驚くほど善良な人間が存在する。

一方で驚くほど凶悪な人間もまた存在するわけだが。

だがそんな綺麗な心を持つ子さえも、魔力を持っているからと、親に捨てられてしまうのだ。

何とも言えない憤りが、バーナードの心を焼く。明らかに何かがおかしいという、違和感と共に。

「あいつは馬鹿だ。もっと自分を大切にすればいいのに」

他人のために簡単に身を投げ出してしまうその少女に、メルヴィンは憤る。

少女を大切に思うからこそ、彼女のその献身が気に食わないのだ。

「……だから代わりに、お前がその子を守ろうとしたんだろう？　メルヴィン」

バーナードが揶揄うように言えば、メルヴィンは頬を赤くしてそっぽを向いた。

青春だなあ、と汚れた大人であるバーナードはしみじみする。

おっさんの目に、少年少女はどうしたって眩しく見えるものなのだ。

（どうかそのままでいてほしいもんだな……）

いずれ失われるとわかっていて、だがそれでもその輝きを惜しみ、バーナードはそんなことを思った。

魔物に襲われた際に乗ってきた馬を失ったため、一昼夜歩き続けてようやく王都に帰還したバーナードは、メルヴィンを自分の家に連れて行った。

バーナードは子爵家の三男だ。しかもこの国の魔物討伐における英雄であり、国王からそれなりに大きな屋敷を下賜されていた。

だがほとんど家に帰ることはなく、屋敷は老齢の夫婦に住み込みで管理させていた。

屋敷の大きさに、メルヴィンが驚き目を白黒させて「お前、ちゃんと偉いやつだったんだな」などと生意気なことを言うので、その額を小突いておいた。

屋敷に入れば、使用人の老夫婦に、無事の帰りを泣いて喜ばれた。

「今度こそ駄目かと思いました」

などと言われ、と苦笑いする。実際に今度こそ本当に駄目であった。

今バーナードが生きているのは、ただここにいるメルヴィンのおかげだ。

「すまないが、これから我が家でこの子の面倒を見る」

そして彼らにメルヴィンを紹介する。国王への謁見はすぐに通るわけではない。

国王がメルヴィンに対し、どういった扱いをするかも未知数だ。

（……おそらく陛下は、メルヴィンを受け入れるだろうが）

ファルコーネ王国国王ユーイングは、徹底した合理主義者だ。

魔力持ちに対する偏見よりも、その力を利用することを選ぶだろう。

結果どんなことになろうが、バーナードはメルヴィンを引き取ることに決めていた。

命の恩人というだけではない。バーナード自身が、この少年のことをすっかり気に入ってしまったからだ。

しかも奇《く》しくも名付け親にまでなってしまったのだ。自分は彼に対し責任がある。

メルヴィンは物心つくかつかないかくらいの年齢で、施設に入れられたという。

つまりは間違いなく世間知らずだろう。

そんな彼を、この清濁併《せいだくあわ》せ呑む王都に、一人放り出すことなどできない。

しばらく自分のそばに置いて、生きていくための知識を、そして能力を与えてやりたい。

王都にある実家からバーナードが子供の頃に着ていた衣装を取り寄せ、メルヴィンに着せてみれば、見た目だけなら貴族の子息に見間違えるような、品の良い少年になった。

だが食事を共にしてみれば、カトラリーの基本的な使用方法すらわからない。

かの施設ではカトラリー自体が存在しておらず、皆手づかみでものを食べていたと聞いて、バーナードは頭を抱えてしまった。

どうやら思った以上に酷い環境であったようだ。

できる限り早く施設にいる他の魔力持ちの子供たちも保護したいと、強く思う。

「……食事の際の基本的な動作は、俺を見て覚えろ。食事のマナーは人として絶対に覚えておいたほうがいい」

いずれ、身分の高い人間と関わる機会が増えるだろう。

その時にくだらない理由で、この子が貶《おとし》められるのは耐え難い。

メルヴィンは素直にそれを受け入れ、バーナードを模倣して食事をとり始めた。

するとすぐに一連の動作を覚え、綺麗な所作で食事をするようになった。

（……すごいな）

あまりにも物覚えがよく、バーナードは彼に対し空恐ろしいものを感じる。

メルヴィンは全てにおいて天才であり、特別な存在であることを知らしめられる。

――まるで神に、そうあるべく作られたような。

二日後、国王より謁見の許可が下りた。

バーナードはメルヴィンを連れて、王城へと向かった。

その道すがらの馬車の中で、国王陛下を前にした際の対応をメルヴィンに説く。

「国王陛下がいらっしゃるまで、跪《ひざまず》いて頭は上げない」

「どうして」

「許可を得ないとその尊顔を拝んではならんのだ」

「わけがわからないが、わかった」

「そして敬語だ」

「……敬語」

「絶対に俺に話しかける時のような言葉で、国王陛下に話しかけてはいけない」

「なんで」

「お前が言うところの、国王陛下は偉いお方だからだ」

「ふうん」

どうしよう。全くもって響いた気がしない。何せ返事からしてやる気がない。

今更ながらにこれはまずいかもしれないと、バーナードは内心頭を抱えた。

このままでは国王陛下に、不敬をかます未来しか見えない。

なぜこの坊やは、いつもどこでもこんなにも傲岸不遜なのか。

「わかった。俺が全て国王陛下にご説明するから、お前は口を開くな。黙ってろ」

そしてバーナードは最終的に、謁見中は一切メルヴィンに口を開かせない、という強硬策にでることにした。

この国の王であるユーイング・ファルコーネは見た目こそ柔和な雰囲気の男だが、その腹の中は真っ黒である。

目的のためなら手段を選ばない、冷酷な君主だ。

うっかりメルヴィンが国王の前で失言をして、罰《ペナルティ》を受けるようなことにならないよう、バーナードが守らねばならない。

バーナードはすっかりメルヴィンの保護者の気分になっていた。

王宮に着くと、その壮麗さにメルヴィンが呆気《あっけ》に取られた顔をして、興味深そうにきょろきょろと周囲を見渡していた。

「すごい」

幼く発された言葉が珍しく素直で、バーナードは何やらほっこりとした気持ちになる。

ちょっと！　うちの子可愛くないですか？　などと周囲に自慢してまわりたくなる気分だ。

役人に案内された謁見室の玉座の前で、バーナードは跪き頭を下げる。メルヴィンもまた彼の真似をして跪いた。

しばらくして、ゆっくりとした歩みで国王が謁見室に入ってきた。

これまで何度も謁見の機会を得ているというのに、いまだにこの瞬間は緊張する。

「面をあげよ」

許可を得て顔を上げれば、ゆったりと玉座に座る一人の男がいた。

柔らかく波打つ金の髪に、青玉のような瞳。バーナードと年齢がそう変わらないはずなのに、その顔には皺一つ見当たらず、異様に若く見える。

穏やかな微笑みを浮かべているが、それが完全に作られたものであることを、バーナードは長い付き合いから知っている。

「無事でよかった。今度こそ駄目かと思ったぞ、バーナード」

何やら会う人間全てに、今度こそ死んだと思われていたらしい。

実際自分自身も死を覚悟せざるを得ない状況ではあったので、何も言えない。

「おかげさまで、陛下のもとに無事に戻って参りました」

無難な言葉を選びながら、バーナードは答える。

ユーイングとの会話は、いつ揚げ足を取られるかわからないという緊張が常にある。

何しろこの王は、その人畜無害そうな雰囲気にそぐわず、人を陥れる天才なのだ。

国軍に入隊し初めて顔を合わせた時から、バーナードは散々彼に揶揄われてきた。

「――して、その子供がそなたの命を救ったという魔力持ちか」

ユーイングの目が、メルヴィンへと向けられる。

かつてバーナードが初めてユーイングと顔を合わせた時、その威圧感に飲まれて、まともに返答ができなくなってしまった。

だがメルヴィンはユーイングからの視線を受けても泰然としており、何ら変わった様子はない。

「さようにございます。この子はその場にいた魔物を全て一人で倒し、我々を助けてくれました」

ほう、と驚いたような表情を浮かべているが、実際のところすでにその詳細な話をバーナードの生き残った部下から聞いているのだろう。

「名は何という？」

「は、メルヴィンと――」

「バーナード。そなたには聞いておらぬ。そこの子供に聞いている」

「…………！」

残念ながら、全てバーナードが代わりに答える作戦は早々に失敗した模様だ。

頼むから変なことを言わないでくれと、バーナードはメルヴィンを祈るような気持ちで見つめる。

「――メルヴィン」

やはり敬語は使わないらしい。声変わりの最中であろう僅かに掠れた声で、メルヴィンは堂々と名乗る。

それだけでバーナードの心臓が縮み上がった。

「ほう。メルヴィンか。この度は我が可愛い臣下を助けてくれたことに礼を言う」

可愛いなんて微塵も思っていないであろう口調で、ユーイングが言う。

それに対し、メルヴィンは何も答えずただ頷く。

王に対しても全く態度は変わらない。相変わらずの傲岸不遜ぶりである。

「褒美をやらねばならぬな。何か望みはあるのか？」

ユーイングの言葉に、メルヴィンはまっすぐに彼の目を見据えた。

「――ある」

「――ほう。何だ？　言ってみろ」

ユーイングの目がおもしろそうに輝く。

「魔力持ちの子供たちを、保護してもらいたい」

躊躇することなく、メルヴィンは己の望みを口にした。

あまりにも率直過ぎる。心配のし過ぎでバーナードの心臓がそろそろ限界である。

「ふん。魔力を持つ忌み子どもを、余に保護しろと？」

ユーイングがその言葉を吐いた瞬間。メルヴィンの怒りに呼応して、周囲に凄まじい炎が巻き上がった。

ユーイングのそばにいた近衛兵《このえへい》たちが、あまりのことに腰を抜かしている。

気持ちはわかるが、国王を守る立場でありながら何とも情けない。

怒りに任せて自分まで燃やされるのかと少々怯えたが、その炎はきちんとバーナードは避けていた。

どうやら我を忘れたわけではないらしい。おそらく己の能力を見せつけるためだろう。

バーナードを傷つけまいとしてくれたメルヴィンに、嬉しくて何やら涙が出そうだ。

「……お前たちはすぐそうやって魔力持ちを蔑む。だが実際に神に愛されているのは、お前たちじゃない。魔力持ちの方だ」

「ほう、なるほど。魔力とはつまり神からの祝福であるというのか？」

「……そうだ」

「ふむ。確かにそれは一理ある」

周囲を豪炎に包まれながら、それでもユーイングは顔色ひとつ変えず、鷹揚《おうよう》に頷く。

「だがそなたがそうやって感情的になり力を発露させれば、只人《ただびと》である我らは怯え、魔力持ちは危険だと認識するであろうよ。愚かしいことだな」

確かにその力で持って周囲を脅せば、魔力持ちはさらなる偏見に晒されることになる。

メルヴィンはひとつ息を吐くと、周囲から荒れ狂う炎を瞬く間に消滅させた。

全ては元のまま。何事もなかったような静寂に包まれる。

「――しかし確かにその力は素晴らしい」

ユーイングはそう言って、音を立てて手を叩くと、満面の笑みを浮かべた。

彼の心からの笑みを見たのは、バーナードであっても初めてであった。

「魔力はあんたたちの持っている剣と同じだ。使い方次第でどうとでもなる」

――魔物を殺すことも、人を殺すことも。

「その力自体に罪があるわけではない。すべてはそれを使う人間のせいだ」

武器を持っていても、人を傷付けないのなら、それは罪ではないのだ。

「俺は魔力を神から与えられた特別な力であると考えている。――魔力は魔物に対抗できる、唯一の力だ」

そのメルヴィンの言葉が正しければ、人間たちはその神の意図に気づかずに、魔力持ちを迫害してきたということになる。

「…………」

バーナードの背中に、ひやりと冷たいものが走った。

もしや自分たちは、とんでもない間違いをしてきたのではないだろうか、という恐怖だ。

普通の人間たちによって迫害され、命を落とした魔力持ちの数は多い。――もう、取り返しがつかないほどに。

そう考えると、全ての辻褄《つじつま》が合ってしまうのだ。何故今、人類が滅びようとしているのか。

「よかろう。ファルコーネ王国国王の名において、魔力を持つ者たちの保護を約束しよう」

ユーイングの言葉に、それまで険しい表情を浮かべていたメルヴィンの表情が緩む。

それにより、魔力持ちの中に、メルヴィンにとって自分以上に大切な存在がいることがわかってしまう。

ユーイングがニタリと笑った。その笑顔を見てしまったバーナードの体に震えが走った。

――今、メルヴィンはひとつ、致命的なミスを犯したのだ。

「だが魔力持ちに対する偏見は根深い。それを消し去るのは、そう簡単なことではあるまい」

したり顔で語るユーイングに、メルヴィンは不快げに銀色の片眉を上げる。

「だがそなたを始めとする魔力持ちたちが、その力を我らのために振るうのならば、その力はやがて、恐れの対象ではなくなるだろうよ」

そしてユーイングはその長い脚を組み直し、にっこりと笑顔を浮かべた。

「よってメルヴィン。そなたを余直属の臣下としよう。そして我が命に従い、魔物たちを打ち倒すが良い。さすれば余は、そなたたち魔力持ちの地位向上に協力しようとも」

――魔力持ちであっても、普通の人間のように生きていけるように。

「――わかった」

人類最後の王の提案を、若干不服そうな顔をしながらも、メルヴィンは受け入れた。

聞くだけならば、メルヴィンが望んでいた通りの内容である。

だがどこか腑《ふ》に落ちないのだろう。そしてその嫌な予感は、おそらく当たっている。

「では、メルヴィン。そなたは先に下がっていると良い。あとで女官に菓子でも持って行かせよう。――バーナード。そなたは残れ。話がある」

正直言って何も聞きたくなかったが、王命に背くこともできず、バーナードは小さな声で「は」と応えるしかなかった。

ユーイングは人払いをし、メルヴィンどころか、周囲に置いていた近衛兵までも謁見室から退室させ、バーナードと二人きりになると、またその長い脚を組み直した。

こうなるとバーナードは、ただただ恐怖しかない。

腕力だけならばこの国有数の強さであるはずの筋肉の塊は、目の前の華奢な体格の王に、明らかに怯えていた。

「さてバーナード。南の方の村に魔物が出現し、かなりの被害が出ているらしい」

どうやら魔物討伐の話らしい。バーナードは内心胸を撫で下ろす。

この王を相手にするくらいなら、魔物の群れに飛び込む方がまだいい気がする。

「そこへ今回、あの生意気な坊やを派遣しようと思う。もちろん監視の兵士をつけてな」

なるほど、それでメルヴィンの実力を測るつもりなのだろう。

「その間にお前は、メルヴィンが育ったという施設へと向かい、そこにいる子供たちを回収しろ。彼らを王都に迎え入れる」

まさかの国王の温情に、バーナードは感激した。

これまで血も涙も無い主君だなんて思って、申し訳なかった。

これでメルヴィンの願いが叶うと、そう喜んだところで。

「おそらくその中に、あの少年の『特別』がいるはずだ」

口角をいやらしく上げて笑うユーイングに、またしてもバーナードの背筋に冷たいものが走った。

ユーイングが何を考えているのか、明確に把握したからだ。

つい先ほどまでその温情に感激していたというのに、急転直下にも程がある。

「……まさかその子を、メルヴィンに対する人質となさるおつもりですか？」

バーナードの口腔内が酷く渇き、声が掠れた。

ユーイングは微笑みを浮かべたまま、何も言わない。つまりはそういうことだ。

「おやめ下さい！　そんなことをしなくとも、メルヴィンは裏切ったり致しません……！」

バーナードは初めて王に逆らった。あの子との信頼関係を失うわけにはいかない。

彼にこれ以上、人間に対し不信感を持ってほしくないのだ。

だが必死に縋るバーナードを、ユーイングは冷たい目で見下ろした。

「やはりお前は筋肉馬鹿だな、バーナード。あの子供の力は確かに素晴らしい。対魔物の兵器として非常に優秀だろう」

人類の全てをその肩に背負っているといっていいこの国の王は、そこでまた長い脚を組み替え、玉座の肘掛けに頬杖《ほおづえ》をつくと、深いため息を吐く。

「――だが、それが人間に向かないなどと、何故思えるのだ？」

バーナードは思わず唾液を飲み込んだ。

ユーイングは、いずれメルヴィンが人間に牙を向けると考えているのだ。

「猛犬には首輪と手綱が必須だ。そのことがなぜ分からぬ？」

この王は、元より人間の良心など、端《はな》から信じていない。

人を動かすには権力を使い、弱みを握ることが最も確実だと思っている。

おめでたいことだと呆れる王を前に、バーナードは何も言い返せず、唇を噛み締めることしかできない。

「それにこれから先、あの子供を利用しようとする輩《やから》は、次から次に湧くであろうさ。ならば余が前もってあの子供を囲い込み、有効活用させてもらう」

確かに施設で育ったメルヴィンは、世間知らずだ。

どちらにせよ騙《だま》され利用されるのなら、その相手は王である方がいいだろう。

バーナードは陥落した。確かにメルヴィンの今後を思うなら、王の臣下となった方が絶対に生き易いはずだ。

だから仕方がない。仕方がないのだ。

「――知っているか？　かつてこの世界には、魔物などというものは存在しなかったそうだ」

ユーイングから唐突に神話のような話をされて、バーナードは目を瞬かせる。

「魔物は今から六百年ほど前に、たった一人の魔力持ちによって生み出されたのだという。そやつは元々、今は亡き古き国の王に仕えていた、黒蛋白石《ブラックオパール》色の目をした男だったそうだ」

そこでバーナードは、メルヴィンの目を思い出す。

これまで見たことがないような不思議な色合いをした、その赤蛋白石色の目を。

「さらにその三百年後に世界中で起こった大洪水。これもまた魔力持ちの子供の暴走によるものだと謂《い》われている」

それは歴史書にも載っているため、バーナードでも知っている。

多くの人々の命と国が失われた、史上最悪の洪水だ。

何日も何日も途切れることなく雨が降り続け、結果多くの国が水底に沈んだ。

「だからこそ人類は、魔物持ちを見つけたら排除する、という方向に舵《かじ》を切ったのだろうさ」

人間のために魔力を使う、という選択肢は過去にもあったはずだ。

だがおそらくその時の人類は、失敗したのだろう。

魔力持ちの攻撃対象は魔物ではなく人間となり、結果多くの被害を生んだ。

そして人間たちの間に、魔力持ちという存在への忌避感情が生まれてしまった。

「魔力持ちは、確かに対魔物の兵器になるだろう。けれどもその一方で、彼らは人間を滅ぼしかねない災厄にもなるということだ」

だからこそ魔力持ちを利用することよりも、彼らを排除しゆっくりと滅びる道を、かつての人々は選んだのだろう。

「――だが、とうとう人類には後がなくなった」

もはや国としての体裁が整っているのは、世界でファルコーネ王国のみになってしまった。

毎日のように人々は魔物たちに食われ、さらにその数を減らしている。

「――どんな劇薬だろうが、飲み込まなければ、間違いなくそう遠くない未来に人類は終わるだろう」

だからこそユーイングは、魔力持ちを排除するのではなく保護し利用することを選んだのだ。

「どうせ滅びるのだとしても、余は最後まで足掻くと決めている」

たとえ人類の滅びが神の思し召《おぼめ》しなのだとしても、諾々と受け入れてたまるか。

バーナードはそんな王の言葉に、ただその場に跪き首を垂れた。

兵士たちを引き連れ、メルヴィンが初めて勅命による魔物討伐に向かった間、バーナードはメルヴィンの育った施設へと向かった。

そこは想像以上に劣悪な施設であった。とてもではないが、子供たちが生活をするような場所ではない。

街の人々は子供たちを連れて行くことに、当初難色を示した。

何しろ魔物に対する生贄がいなくなってしまうのだ。

確かに不安にもなるだろうと、バーナードは苦々しく思う。

だがこれが国王陛下の命であること、今後魔力持ちを発見した場合は速やかに国に申告することをその地の領主に通達すれば、あっさりと子供たちを放棄した。

流石に国王命令には逆らえなかったのだろう。

施設の中に入れば、一人の少女が子供たちを自分の背に庇いながら、バーナードを必死に睨め付けてきた。

そのまっすぐな目に射抜かれ、バーナードは感嘆する。

自分の何倍も大きな筋肉男を目の前にしながら、その場から一歩も引かずにいるなど。

（これまたとんでもなく肝の据わったお嬢ちゃんだな）

おそらく彼女が、メルヴィンの言っていた『コーディ』だろう。

メルヴィンと共にこの施設の子供たちを守っていたという、少女。

思わずコーデリアのまっすぐな黒髪を撫でれば、彼女は怯えてびくりと体を跳ねさせた。

それは暴力を振られ慣れている人間が、良く見せる行動だった。

バーナードの心臓が、罪悪感で酷く締め付けられる。

こんな小さな子供を、躊躇なく殴れる大人がいることが、まず信じられない。

（魔力持ちは人に非ずってか。クソッ……！）

コーデリアの怯えに気づかないふりをして、バーナードはそのまま彼女の頭を優しく撫でてやった。

するとコーデリアはほんの少しだけ、嬉しそうに子供らしく笑った。

——ああ、やはりこの子もまた、必死に大人ぶっているだけの子供なのだ。

泣きそうになりながら、絶対に守らなければならないと、バーナードは決意を固める。

メルヴィンへの人質にすることになるが、その間彼女のことは絶対に守り、いつか必ずメルヴィンの元へ帰そうと、心の中で誓う。

コーデリアは国王によって新たに用意された魔力持ち用の養護施設に入ることなく、彼が信頼を置いている元医官のクラークに預けられた。

バーナードも何度か、魔物討伐で負った怪我の治療でクラークの世話になっていた。

微笑みながら容赦無く楽しそうに人の傷を縫う、若干猟奇的な男だった。

彼は王の命でコーデリアを連れて故郷に帰り、診療所を開くのだという。

『絶対に傷つけるような真似はするな。決して虫を寄らせるな。命に代えても守れ。わかったな』

そんな国王ユーイングの命令に、その医官、クラークははて、と首を傾げる。

『はあ、その子は陛下の愛妾《あいしょう》候補か何かで？』

『相変わらず己の首が惜しくないようだな、クラークよ。悪いが余は若い娘は好かん。だがその娘は我が国の生命線だ。くれぐれもそなたも手を出すなよ』

潔癖な子供は他の男のものになった女に興味をなくすものだからな、と宣《のたま》う国王に、『私だって子供には興味はありませんよ』とクラークはへらへらと笑った。

人として真っ当なバーナードにとって、彼らの会話は異次元であり、全く理解ができない。

『承知いたしました。我が君。その少女のことはお任せください』

メルヴィンの手の届かないところにコーデリアを隠した上で、彼女の人質としての価値を守ることがクラークの役目であった。

故郷に診療所を作ることが夢、などと後付けの理由に過ぎない。

そうしてクラークがコーディを連れて王都を出た後に、メルヴィンは無事、南の村を襲っていた魔物を壊滅させて王都に帰ってきた。

メルヴィンの魔物討伐に同行した兵士たちは、すっかり怯え切っていた。

『――あれは、化け物ではないのですか？』

瞬く間に魔物たちを燃やし尽くし、粉々に切り刻んだメルヴィンを思い出して震える兵士たちに、バーナードは苦々しい思いになる。

どうしても人間は、理解できないものに怯えてしまう生き物なのだろう。

だがユーイングはそんな兵士たちを目の前にして、誇らしげに笑った。

『素晴らしいだろう？　あれが我が国の最終兵器だ』

魔力持ちの力に怯える者たちに、その力は自分たちに有益であるとユーイングは強調し、今回の魔物討伐の遠征の成果を大々的に喧伝《けんでん》した。

それまでただ食われるだけだった人類が、ようやく魔物に一矢報いたのだと。

そしてメルヴィンには『魔力』を使う『技術』を持つものとして『魔術師』という称号を与えた。

この時初めてファルコーネ王国に『魔術師』という言葉が生まれた。

そして王命により魔力持ちと呼ばれ迫害を受けていた人々が、国中から王都に集められた。

彼らをメルヴィンと同じように魔術師として育て上げ、魔物に対する兵器とするためだろう。

『もはや魔力持ちは、我が国の資源のようなものだからな。くれぐれも丁重に扱え』

そう露悪的に笑う主君に、バーナードは違和感を覚えずにはいられない。

(――これで、本当に良かったのか)

魔力を持っている人々への偏見や迫害をなくすためというよりは、ただ彼らに使い道ができたというだけではないのか。

そして本当にこれが、メルヴィンの望んでいたことなのか。

討伐から帰ってきたメルヴィンは、施設の子供たちが王都に引き取られたと聞いて、すぐに彼らに会いたがった。

バーナードは王の命で彼を、新たにできた施設へと案内した。

真新しい綺麗な施設に、普段あまり表情を動かさないメルヴィンが、嬉しそうに頬を緩めている。

きっと彼は、自分の行動が施設の子供たちのためになったと思っているのだろう。

施設の中に入ると、さらに付近の村から集められた魔力持ちの子供たちと共に、懐かしい顔ぶれが楽しそうに遊んでいる。

子供たちは皆十分な食事を与えられ、清潔な服を着ており、職員たちに細やかに世話をされて幸せそうだ。

そんな彼らを、メルヴィンは目を細めて見つめた。

それから久しぶりにメルヴィンに会えたと喜び、近くにやってきたルカに尋ねる。

「ルカ。コーディはどこだ？」

するとルカは不思議そうに首を傾げた。なぜ知らないのだ？　とばかりに。

「コーディはここにはいないよ」

「――は？」

メルヴィンの眉間に深い皺が寄り、不穏な表情を浮かべる。

「コーディはもう大きいから、この施設では引き取れないんだって。だからそこのおじさんが遠いところに連れて行ったよ」

すっかり滑らかに喋るようになったルカは、何も知らないまま、にこにこと笑いながらバーナードを陥れた。

全てその通りではあるのだが、もう少し手心を加えて伝えてほしかった。

「……どういうことだ？　バーナード」

「我が国では十二歳までのこどもしか施設に入れない。彼女はもう十三歳だった」

「コーディをどこへやった……！」

「安全な場所だ。安心しろ」

怒りのあまり魔力が放出され、メルヴィンの髪がふわりと舞い上がり、パチパチと火花が散る。

そのあまりの圧迫感に、バーナードの全身が粟立つ。

彼がわずかにその魔力を向けるだけで、自分はあっさりと殺されることだろう。

「――御託はいい。どこにやったと聞いている……！」

バーナードは死を覚悟しながら、口を開いた。

「お前が我が国に、そして国王陛下に仇《あだ》なすことはないと確信できたら、お嬢ちゃんはちゃんと返す」

「……ははっ！　つまりコーディは、人質ってことか」

メルヴィンの口から、乾いた笑い声が漏れた。それは己の愚かさを呪う声だ。

「……お嬢ちゃんの安全は、俺が保証する」

その瞬間、バーナードの大きな体が弾《はじ》き飛《と》ばされ、壁に叩きつけられた。

背中を打ちつけた衝撃でうまく呼吸ができず、バーナードの喉がかはっと乾いた音を立てた。

「お前たちの言うことなど、信用できるか」

「――だが！　お前の行動次第では、お嬢ちゃんの命は保証できない」

バーナードがそんな言葉を吐いた瞬間、凄まじい殺意を向けられた。

あ、これは死んだな、とバーナードは思った。

まあ、仕方がない。自分はそれだけのことを彼にした。

魔物討伐なんて任に着いていた割に長生きできた方だしな、などと達観的に考えたところで。

メルヴィンはそれ以上何も言わず、そのまま踵を返して施設の外へと出て行った。

次の日、彼の膝裏まであった銀色の髪は、短く刈られていた。

コーディに編んでもらうために、切らずにずっと伸ばしていた髪が。

それがまるで彼の心のようで、バーナードはたまらなかった。

その後はどうなることかと心配したが、メルヴィンは従順にユーイングの手足となって働いた。

王都周辺の魔物を駆逐し、さまざまな魔法を構築し、それらの技術を惜しみなく後進に伝え、新たな魔術師を何人も育てた。

メルヴィンは魔術師たちを戦いだけではなく、土木や建築、医療等にも携わらせた。

おそらく魔術師たちを、魔物との戦闘だけに消費させたくはなかったのだろう。

五年も経てば、王都周辺から魔物たちは一気に減り、被害が減ったことで生活は豊かになり、人々は『魔術師』という存在を恐れながらも、必要とし依存するようになった。

――もうその存在無くしては、いられないほどに。

愛する少女を人質とされ、無私で働き続けるメルヴィンに、バーナードは罪悪感を抱き続けた。

コーデリアは今、クラークの元で、普通の女の子として何不自由なく生きている。

何度か会いに行ったが、その度に何の憂いもない年相応の笑顔を見せてくれる。

彼女の現状は、メルヴィンの献身によるものだ。

だがコーデリアは、そのことを全く知らずに笑っている。

(報われなくて、いやになっちまうなぁ……)

やがてメルヴィンは多くの功績を持って国王より伯爵位を賜り、王都の一等地に屋敷を与えられた。

だがそんなものが、彼を慰めるわけもなく。

少年の健気《けなげ》な恋は、相変わらず利用できるだけ利用されていた。

この六年間、コーデリアを守るため、メルヴィンは一度も国王の命令に逆らっていない。

だがその一方で、彼の存在はあまりにもこの国にとって、重大なものとなっていた。

現状ファルコーネ王国にいる魔術師の全てをぶつけても、メルヴィンには傷一つ付けられまい。

人間の領域を超えるほどに、メルヴィンの強さは圧倒的だった。

結局国としてはその存在を野放しにすることはできず、いつまで経ってもメルヴィンの元にコーデリアが帰ってくることはなかった。

しかしこのまま現状維持することはできないだろう。いずれ必ず破綻する時が来る。

(そうなったら、陛下はどうなさるおつもりなのか)

もはやメルヴィンを止めることができる存在なぞ、ないのに。

『魔物の群れが町に近づいています……！　すぐに魔術師の派遣を……！』

そんなある日、国軍の幹部となっていたバーナードの元に、コーデリアがクラークと共に暮らしている町へ、魔物の群れが押し寄せているという情報が入った。

すでにその町のすぐ近くにある村が、犠牲になったという。

そこの人間を食い尽くせば、魔物たちは間違いなくコーデリアのいる町へと向かうだろう。

この規模の襲撃では、メルヴィンを向かわせるしかない。

だが魔術師は国王直属だ。バーナードにはメルヴィンを動かす権限がない。

そしてその派遣を、王であるユーイングが渋った。

『あの少女がメルヴィンに見つかる可能性がある。そうなったらメルヴィンを我が元に留まらせる枷《かせ》がなくなる』

手駒としてのメルヴィンを失う損害は、計り知れないと王は言った。

つまりは町を、ひいてはコーデリアを見殺しにせよと。

そしてコーデリアの死を隠したまま、メルヴィンを利用し続ければ良いと。

その命を聞いた瞬間。バーナードの全身に、震えが走った。

(――それは、ダメだ)

頭の中で、けたたましく警鐘が鳴り響く。

いずれコーデリアの死がメルヴィンに知られてしまった時、取り返しのつかない事態になる気がする。

何よりそのことを、自分自身が隠し切れる気も、そしてこれ以上彼を利用できる気もしなかった。

バーナードは王の前を辞してすぐに、昨年新たに創設された魔術師や魔力持ちを管理する魔術省へと走った。

これは国王陛下に対する裏切りだ。おそらく自分はこの首を失うことになるだろう。――だが、それでも。

(人として、越えちゃいけない一線ってやつがあるんだ……！)

ものすごい勢いで走る筋肉の塊に、そこにいた若き魔術師たちが、驚いて道を空けていく。

そして魔術省の長の部屋、つまりはメルヴィンの執務室の扉を、ノックもせず弾け飛ぶくらいの勢いでバーナードは開いた。

最近すっかり表情が動かなくなってしまったメルヴィンも、これには流石に驚き目を大きく見開いた。

彼の姿に、バーナードは心底安堵する。ここですれ違ったら詰んでいた。

「いきなりどうした？　おっさん」

「メルヴィン！　今すぐ俺と来い！　嬢ちゃんが危ない……！」

その瞬間、メルヴィンの目に光が戻った気がした。

メルヴィンはすぐに椅子から立ち上がると、外へ向かって走り出す。

「どういうことだ？」

「嬢ちゃんが暮らしている町に、魔物が向かっているという情報が入った」

「──その町の場所はわかるか？」

「もちろんだ。俺が案内する。付いて来い」

二人は厩舎《きゅうしゃ》に行き馬を引き出すと、すぐさま走り出す。

だが王都を出る門の前に、彼らを止めようと王の命令で兵士が待ち構えていた。

「──邪魔をするな……！」

メルヴィンが片腕を振り上げれば、猛烈な風が巻き起こり、兵士たちを吹き飛ばして道を作る。

その間を、メルヴィンとバーナードは駆けた。

途中の街で馬を変えつつ、休みなく駆け続け、ようやく辿り着いた町はすでに魔物たちに襲われていた。

生命の危機に上げる叫びが、其処彼処《そこかしこ》から聞こえる。

「嬢ちゃんは中央の街道沿いにある、小さな診療所で働いている！」

その声にメルヴィンは一つ頷くと、そのままバーナードを置いて町の中へと走って行った。

メルヴィンの手によって魔物たちはあっという間に駆逐され、気がつけば町に静けさが戻っていた。

相変わらずとんでもない戦闘能力である。

落ち着かない気持ちでバーナードが町の門の前で待っていると、メルヴィンがコーデリアを肩に担いで戻ってきた。

未だに何があったのか、いまいち理解できていないのだろう。コーデリアは困ったような顔をしている。

そんな彼女を、愛おしげに見つめるメルヴィンに、バーナードは胸苦しくなった。

メルヴィンのそんな幸せそうな顔を、初めて見た。

これはかつてバーナードが、彼から奪ったものだ。

「残念だったな。コーディは返してもらった。これでもう俺は自由だ」

元気そうなコーデリアの顔を見て深く安堵すると共に、晴れやかな顔をしたメルヴィンの言葉に、バーナードの中で今更ながらに取り返しのつかないことをしてしまったという恐怖が湧き上がった。

そして今ここでコーデリアを取り返し、彼女の隠し場所を変えれば現状を維持できるのではないか、という誘惑に駆られ、バーナードは思わず手を伸ばす。

だがすぐにメルヴィンに気付かれ、バーナードは目に見えぬ力で壁に叩きつけられた。

次はないとメルヴィンに凄まれ、バーナードは苦悶《くもん》の声を漏らす。

メルヴィンはもうこの国を、人々を守ってはくれないだろう。それだけ彼の恨みは深い。

やはり自分は間違っていたのだろうか、とバーナードは自問する。

だがそれでもコーデリアを助けたことは、間違いではないと言い切れた。

(むしろ我々は、メルヴィンからこれまで恩恵を受けられたこと自体に感謝すべきなんだろう)

もしコーデリアが死に、それを知ったメルヴィンが王や国、魔力を持たぬ人々に憎しみを向けたとしたら、とんでもない被害が出ていたことだろう。

──六百年前と三百年前のように。

ふとそこに類似性が見えて、バーナードは嫌な予感がした。

バーナードの嫌な予感は、よく当たる。それは彼が何度も魔物討伐に駆り出されながら、それでも今まで無事に生き残った理由の一つだ。

何か重大なことを見過ごしている気がする。何とも落ち着かない気持ちだ。

何もなければいいと、バーナードは肺の中の空気を全て出し切るかのように、大きなため息を吐く。

すると軋《きし》むように胸が痛んだ。これは肋骨《ろっこつ》の一本か二本くらい、折れているかもしれない。

(――そんじゃ、己の行動の責任を取りに行くか)

このまま逃げてしまいたい気もしないでもないが、大人として己の行動の責任は取らねばなるまい。

バーナードはゆっくり立ち上がると、痛む胸を堪えつつ、馬の背に乗った。

第四章　幸福

コーデリアが王都に来て、十日ほどが経った。

お金を貯めて王都に行くことができたら、コーデリアにはしたいことが山のようにあった。

施設の子供たちにも会いたいし、世界一だという市場も見て回りたいし、王都中を観光して回りたい。

そして美味しいと評判の食堂で、お腹いっぱいに料理を食べたい。

だがコーデリアは現在、何一つとしてできていなかった。なぜならば。

「や、あ、メルヴィン……！」

背後から胎の奥深くを突かれ、その痺れるような気持ちよさにコーデリアは喘《あえ》ぐ。

魔力の相性とやらがメルヴィンとコーデリアは非常に良いらしく、触れられるとすぐに彼女の体は彼に屈服してしまうのだ。

さらに体を繋げれば、もう我を忘れてしまいそうなくらいに、気持ち良くなってしまう。

（でも爛《ただ》れているにも程があるわ……！）

メルヴィンはコーデリアをこの家に連れてきてからというもの、一切屋敷の外に出ずに、常にコーデリアのそばにいる。

まるで会えなかったこの六年間を、取り返すかのように。

仕事は大丈夫なのかと不安だが、これまで休みなく働いてきたんだから知ったことか、とメルヴィンは言う。

確かにメルヴィンが常人では耐えられないであろうほどの激務であったことは、使用人たちの話を聞くだけでもわかる。

ほとんど家に帰らず、帰ってきてもいつも深夜。さらには国に魔物が出るたびに遠征に向かわされ、体がボロボロになるまで戦い続けていたのだという。

そのことを考えると、確かに十日くらい休んでもいいのかな、とコーデリアも思う。

それにしてもそれだけの激務を、今、一体誰が代わりにやっているのだろう。もしやバーナードであろうか。

「ひっ……！」

人の良さそうなバーナードが激務に追われている顔を想像し恐怖していたら、メルヴィンに奥をぐりっと抉られた。

コーデリアの腰から力が抜けてしまい、寝台の上にべしゃりとへたりこむ。

「なんだ？　こんな時に考え事なんて随分と余裕だな？　コーディ」

意地悪っぽく耳元で問われ、コーデリアは慌ててぷるぷると首を横に振った。残念ながら、余裕などない。微塵もない。

するとメルヴィンの手が、へたり込んだコーデリアの腰を掴んで高く持ち上げる。

そしてそこへ激しく己の腰を打ちつけてきた。

「ひっ！　あ！　ああっ！」

奥を突かれるたびに、その甘やかな衝撃で、声が勝手に口から漏れ出てしまう。

何とか堪えようと、コーデリアは目の前にあるシーツをぐしゃりと掴む。

するとメルヴィンが動きを止め、コーデリアの腰から手を離した。

苦しいくらいの快感から解放され一息ついたところで、シーツを握りしめるコーデリアの手に、メルヴィンの手が重ねられる。

（――あら？）

何だろうと思っていたところで、その手を掴まれ、後方へぐいっとと引っ張られる。

「きゃっ！　ああーっ！」

上半身が浮いてしまい、縋るもののない不安定な状態で深々と貫かれたコーデリアは、そのまま背中を反らせて絶頂に達してしまった。

脚がガクガクと震え、太ももに溢れた愛液が伝っていく。

だがメルヴィンは、そんなコーデリアを容赦無く穿ち続ける。

「まって、今はダメっ。ああああっ！」

絶頂の中で刺激を与え続けられ、そこから降りてくることができず、コーデリアは必死に首を横に振った。

「ひいっ、や、メルヴィン……！」

このままではおかしくなってしまうと、必死に彼の名を呼ぶ。

「ん？　どうした？　コーディ」

答える声は随分とご機嫌だ。助けてくれる気が微塵もしない。

そのままガツガツと突き上げられ続けて、ようやくメルヴィンがコーデリアの奥深くで吐精したときには、流石のコーデリアも意識が朦朧《もうろう》としていた。

やはり爛れているにも程がある。何しろメルヴィンはこの十日間、暇さえあればコーデリアを抱いているのだ。

いくらコーデリアの体力が無尽蔵だからといって、初心者なのに容赦がなさすぎると思う。

繋がったままで、コーデリアの体を背中から押しつぶすように、メルヴィンが落ちてくる。

そしてコーデリアの体を、背後から強く抱きしめた。

それは僅かでもコーデリアから、離れたくないと言っているようで。

（……メルヴィンって絶対に私のこと好きよね）

自分に対する好意に疎いコーデリアであっても、ここまでされればそれくらいのことはわか

る。

だが再会して十日ほど経つが、一度たりとも彼から好意を示す言葉を聞いていない。

もう逃さない、だの、離れない、だのとは言ってくるが、その理由や原因についてコーデリアは一切説明を受けていないのである。

（まあ、元々素直な子じゃないものね）

それからコーデリアは、自分に絡みつくメルヴィンの腕を、宥めるように優しく手で叩いた。

「……メルヴィン。そろそろ離してちょうだい。起きてご飯を食べないと」

なんと、現在の時刻は朝である。陽の光を瞼の裏に感じ、目を覚ましたところを何故かメルヴィンに襲われたのだ。

（本当に、朝から何を致しているのかしら、私）

我ながら呆れてしまう。はっきりと断ればいいとわかっているのだが、コーデリアはとにかくメルヴィンのお願いに弱い。

『コーディを抱きたい』

なんて上目遣いで言われて仕舞《しま》えば、即陥落である。

後悔するとわかっていても、うっかり受け入れてしまうのだ。

今だってご機嫌にしているメルヴィンを見ると『まあ、いいか』と思ってしまうのだからどうしようもない。

大体ほんの少し休めば、コーデリアの体はすぐに回復する。

むしろメルヴィンの方が辛そうである。主に腰のあたりが。

何故そこまでして頑張ってしまうのか。コーデリアには全く理解ができない。

「メルヴィンは、大丈夫？」

「……名誉の負傷だ」

阿呆《あほう》なことを言うので、思わずコーデリアは吹き出して笑ってしまった。

ようやく落ち着いたのか、メルヴィンがコーデリアから腰を引く。

粘着質な音を立てて、メルヴィンがコーデリアの中からいなくなる。

すると空洞になってしまったそこを、途端に寂しく感じるのだから、不思議なものだと思う。

（きっと私も、メルヴィンと触れ合うことが好きなんだわ）

コーデリアは体を反転させて、メルヴィンと向かい合わせになると、腕を伸ばして彼の腰のあたりに手を這わせた。

「……何だ？　まだ足りないのか？」

すると揶揄うように片眉を上げたメルヴィンが、そんなことを言ってくるので、コーデリアは唇を少しだけ尖らせた。

十分足りている。大いに足りている。よって流石にこれ以上は心から遠慮したい。

「そんな意地悪を言うなら、治してあげないわよ」

コーデリアが拗ねた素振りで言えば、メルヴィンは口先だけでごめんと謝る。

コーデリアがメルヴィンの腰に魔力を送り込むと、彼は心地良さそうに目を細めた。

(まるで、猫みたいだわ)

可愛いなあ、などと思いつつメルヴィンを眺めていたら、彼の顔が近づいてきて、コーデリアの唇にちゅっと触れるだけの口付けをした。

「……おはよう、コーディ」

「おはよう、メルヴィン」

今更すぎる挨拶をして微笑み合い、二人で床に打ち捨てられていたガウンを羽織ると寝台を出る。

起き抜けな上に、事後であることが明らかなその部屋に、メルヴィンがベルを鳴らして使用人を呼ぶ。

速やかに侍女たちが部屋にやってきて、メルヴィンの命により衣装の準備と食事の準備をしてくれる。

かつてお嬢様だった頃は当たり前だったそれらが、今ではどうにも羞恥心が湧いて苦手だ。

施設に入った時は、子供たちの世話をする側であったし、独立して一人暮らしをするようになってからは、自分の世話は自分でしていた。

コーデリアの中で、世話とは自分がするものであり、他人にされるものではなかったのだ。

だからこそ自分で簡単に出来ることまで他人の手に委ねることに、どうしても抵抗があるのだろう。

（メルヴィンは全く気にしていないようだけれど……）

何しろ人前でも平然とコーデリアに触れてくるのだ。

しかも抱き寄せたり口付けをしたりと、あからさまな男女の距離で。

その度にコーデリアは、羞恥で死にそうになっているというのに。

メルヴィンは羞恥心を一体どこに捨ててきたのか。

常に人の目にさらされる生活は、なかなか慣れそうもない。

かといってこの家の使用人たちの仕事を奪うわけにもいかないので、コーデリアはおとなしくしている。

（皆さんお仕事だものね……）

いつものように侍女たちに浴室に連れて行かれ、体の隅々まで洗われる。

もちろん身体中にメルヴィンとの情事の痕がしっかりと残っているので、これまた死ぬほど恥ずかしい。

「愛されていらっしゃいますね」

うふふ、なんて意味深な微笑みで言われてしまうと、コーデリアはそのままぶくぶくと浴槽に沈んでしまいたくなる。

「あ、ありがとうございます……」

蚊の鳴くような声でコーデリアが答えれば、皆が微笑ましそうに見つめてくる。何ともいたたまれない。

だがこの家にきてからというもの、今のように軽く揶揄われることはあれど、侮蔑の目で見られたことも、失礼な態度を取られたこともない。

使用人たちは皆、コーデリアに優しく親切だ。コーデリアが魔力持ちであることはもう知っているだろうに。

「私たちはみんな、旦那様に救われてここにいるのです」

不思議に思い聞いてみれば、なんでもメルヴィンの家で働いているのは、皆魔物に家族を奪われ、他に行き場のない人たちなのだという。

住んでいた町や村が魔物に襲撃され、生活できなくなってしまった人たちは、皆一様に王都を目指す。

けれども王都はすでに人口過多であり、働き口もなければ住む場所もなく、物価も高騰している。

そんなどうにもならない中で、彼らに手を差し伸べたのがメルヴィンなのだという。

「魔物たちから命を助けてくださったばかりではなく、行き場をなくした私たちに、こうして働き口もくださいました」

彼のおかげで、魔物たちを屠る『魔術師』は、今や敬意の対象ですらあるのだという。何しろ『魔術師』は国王陛下の直属の臣下であり、手厚く保護されているのだ。そのため魔力持ちに対する偏見は、王都を中心に随分と薄くなっているらしい。

(信じられないわ……)

まるで夢のような話だ。そしてそれらは全て、メルヴィンが叶えてくれたことだ。

『私たちも、いつか普通の人たちと変わらずに暮らせたらいいわね』

コーデリアはかつて、メルヴィンにそんなことを言ったことがあった。

魔力持ちであっても、一人の人間として尊重され、普通に暮らしたいと。

それは酷くささやかで、けれどもとても難しい願いだった。

人の誤った認識は、そう簡単にはなくならないものだから。

それなのにいつだってメルヴィンは、コーデリアの願いを叶えてくれる。

(私もメルヴィンのために、何かできることがあればいいのに……)

いつだって与えられるばかりで、何一つ彼の献身に報いることができていない気がする。

入浴を終えたコーデリアは、侍女たちの手によって貴族の令嬢が着るような、華やかで美しいドレスを着せられる。

随分と懐かしい、絹の手触りの真っ赤なそのドレスは、襟と袖と裾にさまざまな色の色石があしらわれていて、まるでメルヴィンの瞳のようだとコーデリアは思う。

まっすぐな黒髪は、結わずにそのまま背中に流した。

メルヴィンがしょっちゅうコーデリアの髪を触りたがるため、結い上げても結局すぐに崩されてしまうからだ。

「……ようやくこのドレスも日の目を見ましたね」

侍女たちは着飾ったコーデリアを見て、感慨深そうに目を細める。

なんでも衣装室にパンパンに詰まっているドレスは、いずれコーデリアをこの屋敷に受け入れた時のためにと、メルヴィンが前もって買い集めていたものらしい。

(本当に、何してるのメルちゃん……!)

それらのドレスは全て、寸法の調整が利くものばかりになっている。

おそらくメルヴィン自身、いつコーデリアを取り返せるか分からなかったからだろう。

それでも買い集めたドレスは、いつか必ず取り返すという、彼の強い意志をも感じさせる。

自分がいわゆる、メルヴィンに対する『人質』であったことは、この屋敷に来た初日に彼の態度から知った。


『――せめてクラーク先生だけは、連絡をとらせてほしいの』

六年間ずっと世話になっていたというのに、彼の言うことを聞かずに魔物の前に自分の身をさらした挙句、職場を放棄してメルヴィンと共に王都に出てきてしまった。

恩を仇で返すようなことをしてしまったと肩を落とすコーデリアを、メルヴィンは馬鹿馬鹿しい、と鼻で笑った。

『クラークだったか？　そいつは国王の狗《いぬ》だ』

『……え？』

『国王陛下直属の医官であり、諜報員《ちょうほういん》でもある。ずっとお前を監視してたんだよ』

『……ええっ？』

メルヴィンの信じ難い言葉に、コーデリアは目と口をぽかりと開けて間抜けな顔を晒してしまった。

『本当のことだぞ。奴は王の命令で、コーデリアのそばにいたんだ』

『嘘……』

あの穏やかで呑気なクラークが？　とコーデリアには未だ現実味はない。

彼は自分の故郷に診察所を作りたい、という夢を叶えたのだと思っていた。

そんな彼を心から尊敬していたのに、実はそれはただの名目でしかなく、彼はコーデリアを監視し逃さないための王の手駒だったのだというのか。

『今頃もう役目を終えたからとその診療所を放棄して、とっとと王都に帰ってきてるんじゃないか？』

『そんな……』

だがメルヴィンが言うのなら、本当なのだろう。

それにしても何故国王陛下の手駒だというクラークが、わざわざコーデリアを監視する必要があったのか。それが分からない。

『何故私なんかを監視する必要があったの？』

メルヴィンと違い、大した力を持っているわけでもない、しがない魔力持ちである。

だがそれについて、メルヴィンは顔を歪めて口を噤んだ。

――おそらくはコーデリアを、傷つけまいとして。

(――ああ、そういうこと)

その理由を察してしまったコーデリアの全身から、力が抜けるのがわかった。

おそらく自分は、人質だったのだ。

国王陛下がメルヴィンを、遠慮なく自由に扱《こ》き使《つか》うための。

そしてメルヴィンの攻撃の矛先が、王へと向かうことを防ぐための。

つまりはメルヴィンが休みなく危険な戦場に行かされたのも、彼がこれまで研究した成果を全て吐き出させられたのも、他の魔力持ちを国の兵器とすべく『魔術師』として育てさせられたのも。

(――全部全部、私のせい)

王都に引き取られた当時を思い返してみれば、確かにおかしな点が多かった。

突然年齢を理由に他の子供たちと引き離されたことも、都合の良い設定のクラークが都合良くコーデリアの前に現れたことも、彼に急《せ》かされるようにして、共に王都を出たことも。

全て知らぬ間に、コーデリアが人質とされていたせいだ。

おそらくメルヴィンは、国王の命令を聞かなければコーデリアを殺すとでも脅されていたのだろう。

(なんてことなの……)

彼はいつもそうやって、コーデリアの代わりに傷を負うのだ。

自分があののどかな町で呑気に平和に暮らしている間、メルヴィンはそんな生き地獄にいたのだと知って、コーデリアは愕然とした。

『……ごめんなさい、メルヴィン』

何も知らなかったとはいえ、己の罪深さに全身が震えた。

(私なんて見捨てても構わなかったのに)

メルヴィンはいつも、馬鹿みたいにコーデリアを大切にするのだ。

コーデリアに、そんな価値はないのに。

自分に泣く権利などないと必死に堪えても、コーデリアの目から涙が勝手に次から次へとこぼれ落ちた。

『別に。全然たいしたことじゃなかった』

それなのに、ただそっけなくそう言ってくれるメルヴィンは、やはりどうしようもなく優しい人だと思う。

(もっと恩着せがましくしてくれたらいいのに)

だからこそコーデリアは、メルヴィンが自分に望んでくれることは全て叶えようと思ったのだ。

何せ今自分が生きているのは、全てメルヴィンのおかげなのだから。

メルヴィンの言う通り、コーデリアの全ては彼のものであるべきだろう。


「コーディ」

準備が終わったところで、メルヴィンがコーデリアの部屋に入ってきた。

そして美しく着飾ったコーデリアに見惚れると、目をとろりと甘く蕩《とろ》けさせる。

(やっぱりメルちゃん、絶対に私のこと好きでしょう)

その甘さに、コーデリアは思わず顔を赤く染めて俯いてしまう。

好きだからこそ、コーデリアのために身を投げ出すような真似をするのだろう。

だがメルヴィンは、そのことに全く自覚がないらしい。

もしかしたら『愛』という概念自体がまだよくわかっていないのかもしれない。

ただ、そばにいたいだけ。ただ、触れたいだけ。その欲求の正体がわかっていない。

まるで随分と長い間離れていたかのように、メルヴィンはコーデリアの体を引き寄せると、強く抱き締めた。

コーデリアの中が、なんとも言えないくすぐったい何かに満たされる。

(そして私も、メルちゃんのことが好きなんだわ)

コーデリアもそろりと腕を伸ばし、その手を彼の背中に這わせた。

「だ、旦那様……」

するとその時、執事が困ったような顔をして、声をかけてきた。

「どうした」

コーデリアとの触れ合いを邪魔され、不機嫌そうに答えるメルヴィンに、執事は恐る恐る上等な紙で書かれた書状を差し出してきた。

「国王陛下からの書状です」

「よし、よこせ。燃やす」

「ダメです！　何やってるのよ！　ちゃんと読みなさい！」

本当に手のひらに火を生じさせたメルヴィンを見て、幼き日の記憶から、ちゃんと身分制度をわきまえているコーデリアは悲鳴を上げた。

何せ国王陛下である。この世界で一番偉いお方である。

そんな方からの書状を、何故堂々と燃やそうとしているのか。

国王から受けた扱いを思えば、恨《うら》み辛《つら》みがあって当然だとは思うが。

コーデリアの叱責を受け、メルヴィンが渋々書状を開けて、その中を確認する。

するとみるみるうちに彼の眉間の皺が、定規で測れそうなほどに深くなった。

「やっぱりこの国は滅ぼそうか。コーディ。やろうと思えばできると思うんだよな、俺」

それから八重歯をきらりと見せて、にっこりと良い笑顔で言った。

そんなことをやろうとしないでほしいし、本来可愛いはずの八重歯がうっかり牙に見える微笑みは心臓に悪いからやめてほしい。

国王陛下は一体どんなことを言ってきたのかと、コーデリアはメルヴィンの手から国王からの書状を奪い取り、その内容に目を走らせてから、確かにこれは酷いと思わず呻いた。

国王陛下曰く、お前の可愛い部下たちが過労死してもいいのか。いい加減引きこもるのはやめて出仕しろ。まだこちらには、施設の子どもたちがいることを忘れるなよ、とのことである。

どうやらコーデリアを奪われたため、仕方なく今度は同じ施設で育った子どもたちを人質とすることにしたらしい。

「……国王陛下って、もしかして悪い方なんですか？」

流石のコーデリアも、思わず不敬極まりないことを言ってしまった。

「──施政者としては、優秀な方であるかと」

一応国民として、コーデリアの質問に答えるわけにはいかないのだろう。

執事が顔色を悪くしながらも、無難な答えを返した。

なるほど。どうやら国王陛下は、この国のためなら手段を選ばない方のようだ。

メルヴィンという駒を失うことは、確かにこの国にとって途方も無く大きな損失だろう。

「みんな、大丈夫かしら？」

かつての愛し子《いとご》たちが心配になった、コーデリアの声が震える。

コーデリアの中で、施設の子供たちはまだ子供の頃の姿のままであった。

あの小さな子供たちが泣く姿を想像し、思わず彼女の視界が潤む。

「施設の奴らは皆、立派な魔術師になっている。普通の人間では相手にならない」

そもそも彼らは、すでにこの国で重要な戦力だ。よって王が彼らをどうにかするのは難しいはずだ、とメルヴィンは言った。

そんな彼らの姿が、コーデリアには想像がつかない。

確かにもう離れて六年も経つのだ。皆大きくなったことだろう。

「私、みんなに会いたいわ」

そして無事な姿を確認したい。彼らもまた、コーデリアの大切な人たちなのだ。

「――そうだな。そろそろ決着をつけねばと俺も思っていた」

ちょうどいい、とメルヴィンはにやりと笑った。

相当怒っているのだろう。やはり口元から少し覗いた八重歯が牙に見えて、コーデリアの背筋に冷たいものが走った。

「それじゃコーディ、出かけるぞ」

そしてメルヴィンは執事に馬車を出すよう指示を出すと、コーデリアの手を取って歩き出す。

「出かけるってどこへ……⁉」

コーデリアがこの屋敷で暮らすようになってから、これまで一度も外出が許されなかったというのに。何やら嫌な予感がする。

「んー？　王宮に殴り込み行こうと思ってな」

そう言ってメルヴィンは、先ほどと同じように八重歯を見せてにたりと笑った。

それからメルヴィンは再会した時にも着ていた厚手の黒い絹に、金糸で刺繍が施された長衣を羽織る。

なんでも国王陛下から下賜されたというその長衣は『魔術師』と呼ばれる者たちの正装であるらしい。

それを着て王宮に行けば、メルヴィンに入れない場所はないのだという。

一方でコーデリアは今のドレスのまま、装飾品類をこれでもかと追加された。

耳やら首やら手首やら、重みすら感じるそれらに、コーデリアはただ恐怖しかない。

元お嬢様といえど、家を追い出されたのは装飾品類をつけるような年齢になる前であったし、実家は貴族でもなんでもない、ただの商家である。

コーデリアとて年頃の女の子なので、ドレスや装飾品に興味がないわけではない。

だがこの世には、限度というものがある。流石にこれは、コーデリアの身の丈に合っていないと思う。

「これらも全てコーデリア様のためにと、メルヴィン様が前々から買い集めていたものですわ」

嬉しそうな侍女たちの、そんな言葉もまた死ぬほど重い。

（やっぱりメルちゃん。私のこと好きすぎでは……？）

だがここまでされているのに、いまだにメルヴィンとコーデリアの関係につける名前がない。

現状二人は、性的な関係のある古くからの友人、というものである。

（やっぱりふしだらだわ……！）

そんなことを考えると、コーデリアの胸が酷く苦しくなって、何やら泣きそうになるのだ。

浅ましいことに、自分はどうやら、メルヴィンからの明確な愛の言葉が欲しいらしい。

二人が馬車で王宮に向かうと、城門の前にメルヴィンとよく似た、ただ刺繍部分が銀糸の黒衣を纏った赤い髪の少年が立っていた。

若いというのに、目の下にはべったりと黒い隈ができていて、見るからに疲労の色が濃い。

コーデリアがメルヴィンに手を引かれて馬車から降りれば、その少年は泣きそうな顔で、安堵の笑みを浮かべ駆け寄ってきた。

「メルヴィン師長……！」

「……ルカ。まあ、その、悪かったな」

ルカの酷い顔色に、さすがに申し訳ないという気持ちを思い出したのだろう。

メルヴィンが珍しく、詫びの言葉を口にした。

「本当ですよ！　マジで死ぬかと思いました！　いきなり前触れもなく十日も休むとか！　おかげで僕はもう十日家に帰れてません！」

メルヴィンにぶーぶー涙目で文句を言うその少年に、かつてコーデリアの裾を必死に引いていた、小さな手の持ち主の面影を見つける。

「ルカ？　あなたルカなの……？」

コーデリアの声にびくりと体を震わせてから、ルカが恐る恐るこちらへと向く。

「コーデリアさん……？」

そしてコーデリアの姿を認識して、すでに潤んでいたルカの目から、とうとう大粒の涙が溢れ出した。

かつての幼い少年はすっかり大きくなって、コーデリアの身長をはるかに越えていた。

声まですっかり低くなっている。しかも話し方もどこか他人行儀だ。

高く舌足らずな声で、『コーディ』と呼ぶあの小さな子供は、どこにもいなくなっていた。

（なんということでしょう……）

メルヴィンに対しても思ったが、男の子の成長って怖い、とコーデリアはしみじみ思った。

だが嬉しそうにくしゃりと泣き笑うその顔は、しっかりとあの頃の面影があって。

コーデリアは感激のあまり、思わずルカに飛びついた。

「ルカ、無事でよかったわ……！　びっくりするほど大きくなったわね……！」

「はい！　コーデリアさんも……びっくりするほど変わっていませんね……？」

十三歳からほとんど変わっていないというのは、明らかに褒め言葉ではない気がする。

もう十九歳なのに、と思わずコーデリアが変わらぬ我が身を儚んだところで。

メルヴィンが人を殺しそうな顔でルカの首根っこを掴み、コーデリアから引き離した。

「……お前たち、くっつきすぎだ」

久しぶりの再会の抱擁だというのに、心が狭すぎやしないだろうか。

コーデリアが思わず唇を尖らせれば、ぎろりと睨まれた。何故だ。

だが首根っこを掴まれているというのに、ルカは妙に嬉しそうだ。

「師長は昔からコーデリアさんを独り占めしようとしますよね」

「うるさい。そんなことはない」

「またまたぁー」

「良いから、行くぞ」

案内を待つまでもなく、二人は王宮の中へ堂々と入っていく。

勝手に入って良いのかと怯えながら、コーデリアも恐る恐る二人の後をついていく。

「ルカったら、昔は繊細な子だったのに、すっかり図太くなったわね」

あの施設の子供たちの中で、一番の問題児だったはずなのに。今ではすっかり品行方正な少年になってしまった。

「ふふ。これでも俺、今や魔術省の副師長なんです。メルヴィン師長に次ぐナンバー2ですよ」

自慢げに胸を張って言うので、コーデリアは思わず声を上げて笑ってしまった。

かつても人に頼られるのが大好きなお調子者だったので、案外人の上に立つことに向いているのかもしれない。

彼が惜しみなく分け与えてくれる火のおかげで、冷える混凝土《コンクリート》でできていながら暖房器具の全くないあの施設の部屋でも、皆凍えずに済んだのだ。

「国王陛下からその功績で家名と男爵位をいただきまして、今ではルカ・カルヴァートと名乗っています」

「まあ！　すごいわ！　偉くなったのねえ……！」

コーデリアは思わず、成長を見守り続けた近所のおばちゃんのような感想を漏らしてしまった。

この国の国王陛下に対し、正直なところコーデリアはあまり良い印象を持っていないのだが、仕事の実績に対し公正な評価と報酬を与えている点に関しては、素晴らしい対応だと思う。

生かさず殺さず徹底的に搾取しようとする人間も少なくない中で、魔力持ちという被差別対象に対しても同じようにその姿勢《スタンス》を貫いてくれることは、この上なくありがたい。

（それだけ魔術師がこの国にとって、重要な存在になっているということかもしれないわね）

それもまたメルヴィンが、そして皆が頑張った結果なのだろう。

王宮の中は、コーデリアがこれまで見たことがないほどに、贅沢《ぜいたく》な空間だった。

そこら中に飾られている絵画などの美術品も、素晴らしい。いくら見ても見飽きないほどだ。

コーデリアがきょろきょろ忙しなく周囲を見渡しながら、魔術師二人の背を見失わないように歩いていると、国王陛下の侍従だという男性が走ってきて、メルヴィンに声をかけた。

「――メルヴィン魔術師長。国王陛下がお呼びです」

「ああ。執務室に直接向かっても良いか？」

「いえ、本日は謁見室へお願いいたします」

どうやらメルヴィンは普段、国王陛下の執務室に自由に出入りしているらしい。

魔術師たちが国王直属だからか、そこら辺は結構緩いようだ。

侍従に案内された謁見室には、数段高い場所に宝石やら金やらで飾り立てられた椅子が置かれている。

あれが所謂《いわゆる》『玉座』というやつだろう。

ルカはその場に跪くと首を垂れ、メルヴィンは突っ立ったままの姿勢でいる。

その二人に挟まれたコーデリアはどうしたら良いか分からず、とりあえず腰を屈めて頭を下げることにした。

しばらくして一人の男性が、奥まったところにある別の扉から入ってきた。

黄金の髪に、青い目をした、綺麗な男性だ。まるで絵画から出てきた王子様のような。

（いえ、王子様、というには少し薹《とう》が立っているかしら）

王子様ではなく王様なのだから当たり前か、などとコーデリアが若干失礼で緊張感のないことを考えていたところで。

「もはや首も垂れぬか」

国王が呆れたように、肩を竦めてメルヴィンに言った。

「垂れる必要性を感じないからな」

メルヴィンもこれ見よがしに、肩を竦めて答える。

彼の言葉には、もはや敬意が微塵も感じられなかった。――あるのはただ怒りだ。

コーデリア本人は全く気付いていなかったが、国王は彼女を奪い隠し、メルヴィンへの人質としていたのだ。

それを奪い返されたからと、今度は施設の子供たちを人質として、メルヴィンを思い通りに利用しようとしている。

メルヴィンが怒るのは、当然だ。

まるで家畜のように、彼に手綱をつけようとしているのだから。

「俺はもうあんたには従わない」

メルヴィンの言葉に、コーデリアは困惑した。

つまりメルヴィンは、他の子供達を見捨てようと言うのだろうか。

「ほう、その娘以外は、もうどうなっても良いと？」

国王の青い目が、そこでようやく初めてコーデリアへと向けられた。

まるでコーデリアのせいで、他の子供たちが犠牲になるとでも言わんばかりの、罪悪感を煽る嫌な言い方だ。

これが国王の日常的な喋り方だとしたら、彼に仕えておられる方々は、さぞ胃の痛い日々を送っていることだろう。

「ただの普通の人間如きが、魔術師である俺たちをどうにかできるとでも？　殺そうとしたところでそう簡単にはいかねえよ」

そうやって育てたのだからと、メルヴィンは誇らしげに笑う。

彼の隣にいるルカも、動じた様子はない。おそらくそれが、ただの事実だからなのだろう。

国王の顔は未だ微笑みの形を保っているが、その一方で焦りを感じる。

人の顔色を窺いながら生きてきたコーデリアには、それがわかった。

おそらくこの国は、もはやメルヴィン無くして成り立たないのだ。

だから国王はどんな手を使ってでも、メルヴィンをこの国に引き留めねばならない。

（つまりそれって、今ならどんな要望も受け入れてもらえるってことじゃないかしら）

元商売人の娘らしく阿漕《あこぎ》なことを考えつつも、コーデリアはこれまでずっと気になっていたことを、国王に聞いてみることにした。不敬かもしれないがここまできたら今更だ。

「あの、ひとつお伺いしてもよろしいですか？」

それまで静かにしていたコーデリアが突然声をあげたので、周囲の視線が一気に彼女に集中する。

「バーナードさんとクラークさんは、今どうしていますか？」

コーデリアの質問に、その場にいた者たちが皆不可解そうな顔をした。

それはそうだろう。何しろあの二人はコーデリアをメルヴィンの元から引き離し、隠していた実行犯だ。もちろん主犯は目の前にいる王ではあるが。

そんな彼らを恨みこそすれ、心配をするなど、信じられないのだろう。

だがコーデリアは、彼らを恨む気にはなれなかった。

確かに国王の命令があれば、彼らはコーデリアの命を奪うつもりだったのかもしれない。

だがそれでもこの六年間、彼らにはとても優しくしてもらったし、世間知らずのコーデリアが、一人でも生きていけるようにと、色々なことを教えてもらった。

その全てが嘘だったとは、コーデリアにはどうしても思えないのだ。

「あれらは余の命令に逆らった。よって今、この王宮の地下牢《ちかろう》に入れている」

地下牢、と聞いて、コーデリアの背筋がひやりと冷えた。

どんな命令であれ、国王の命令に逆らうということは、本来ならばすぐに頭と胴を切り離されても文句を言えない所業だったのだ。

メルヴィンやルカが特別なだけで、それが普通の対応なのだろう。

（――でもあの生真面目なバーナードさんが、何の理由もなく国王陛下の命令に逆らうわけがない）

コーデリアが住む町に魔物が襲来することを、バーナードがメルヴィンに知らせ、共に救出に向かったのだという。

おそらくその行動が、国王陛下への裏切りであり反逆であるとされた。

「――つまり陛下は、最悪私が死んでも構わない、と考えておられたのですね」

隣にいるメルヴィンの体から膨大な魔力が漏れ出し、彼の銀の髪にパチパチと小さな火花が散る。

おそらくメルヴィンもまた気づいてしまったのだろう。国王がコーデリアを見捨てようとしたことを。

そしてその死を隠し、メルヴィンをそのまま使い潰そうとしていたことを。

メルヴィンの立っている場所の大理石の床が、カタカタと音を立てる。

コーデリアの頭の奥に、精霊たちが暴れ狂う際に現れる痛みが生じる。

(でもバーナードさんが国王陛下の命令を破って、メルヴィンに魔物の襲撃を伝えてくれたから、私は今、生きているのよね)

メルヴィンの凄まじい怒気を前に、謁見室全体が、そして王宮そのものが揺れ始める。

その場で平然としているのは、もはやコーデリアだけであった。

コーデリアには、メルヴィンは絶対に自分を傷つけないという自信があった。

そもそも彼女は死すら恐れぬ、怖いもの知らずである。

だからこうして国王陛下にまで、堂々と不敬なことを言えてしまうのだ。

「バーナードさんは逆臣どころか忠臣であると私は思います」

もしあの時コーデリアが死んでいて、それがメルヴィンに露見してしまったら。

「多分、この王宮そのものが消えていたと思いますよ」

隣にいるメルヴィンの凄まじい魔力の圧から察するに、おそらくそれは彼にとって、さして難しいことではないだろう。

それどころか下手をすれば、この王都全体が壊滅していた可能性も高いとコーデリアは考えている。

それだけの想いを、メルヴィンから向けられているという自覚がある。

「――ふん。何も知らぬ小娘が、随分と生意気な口を利く」

ユーイングは不快そうに、コーデリアを見やる。

「では余は、どうしたら良かったのだ？」

そして投げやりに言う国王に、コーデリアはにっこりと笑って、自信満々に言った。

「簡単なことです。最初から私を人質なんかにしなければよかったんですよ。そんなことをしなくても、メルヴィンは普通にこの国のため、陛下のために働いたと思います」

そんなコーデリアの言葉に、周囲が唖然《あぜん》とした顔をする。

ちなみにそう断言されたメルヴィン張本人もまた、隣で唖然としている。

おそらく国王であるユーイングは、これまで数えきれない裏切りに遭い、騙され、痛い目に遭ってきたのだろう。

だからこそ、他人を信じることができないのだ。

だが多分彼は、それ以上に自身も他人を裏切り騙してきただろう。

かつての幼いメルヴィンに対し、そうしたように。

「自分が信用に値しない人間だからって、他人までそうだと見做すのはどうかと思います」

それを聞いたルカが、とうとう堪えきれずに吹き出した。

「ちなみにメルヴィンは、陛下とは違ってとっても優しい人ですよ」

コーデリアはにっこりと、笑みを作って言う。

何しろ彼は、突然施設に現れたコーデリアのお願いやわがままを、何一つ取りこぼすことなく全て叶えてくれた人なのだから。

するととうとう隣にいるメルヴィンまでもが、堪えきれずに吹き出し、げらげらと声をあげて笑い出した。

ちなみに王は何とか不機嫌そうな顔を保っているが、やはり笑いを堪えているらしく、頬がぷるぷると小刻みに震えている。

コーデリアは至って真面目に話しているのだが。何かそんなにおかしなことを言っただろうか。

「一方的に奪い、利用しようとするのではなく、ただ協力を依頼してくれればよかったんです」

助けてほしいと、そう素直に言えばよかったのだ。

そうしたらきっと、メルヴィンだってちゃんと応えたはずだ。

もちろん求めの全てを受け入れることはなくとも、互いに妥協点は探れたはずだ。

「魔力持ちであっても、私たちは同じ『人』です。それを忘れないでください」

言いたいことを言ったらスッキリして、コーデリアは思わず自然に満面の笑みを浮かべてしまった。

するとメルヴィンの手が伸びて、その笑顔が他の誰にも見えないように、コーデリアを抱き込んで隠してしまう。

「おやまあ、なんとも嫉妬深いことよな」

独占欲丸出しのメルヴィンの行動に、ユーイングは呆れたように言う。

「……だがまあ、そこな小娘の言う通りかもしれぬ」

自尊心の高いユーイングが、そこで初めて自分の非を認めた。皆の目が驚きで見開かれる。

「バーナードには前々から何度も陳情されてはいたのだ。メルヴィンにコーデリアを返してやってほしいと。人質などいなくとも、メルヴィンはちゃんと働くはずだと」

どうやらやはりバーナードは人の好《い》い筋肉であったらしい。コーデリアは安堵する。

あの優しさが、全て嘘だとは思いたくなかったのだ。

おそらくメルヴィンもまた、そう思ったのだろう。

どこか居心地の悪そうな顔をしながらも、少しだけ安堵したように見えた。

バーナードが地下牢から解放されたら、すぐに挨拶に行こうとコーデリアは思う。

「では話し合いをしようではないか。互いの主張に折り合いをつけるために」

気がつけばメルヴィンから、先ほどまであった怒気が失われていた。

国王陛下とコーデリアの何ともとぼけたやり取りのせいで、すっかり毒気を抜かれてしまったらしい。

だがそれでも承服できない何かがあるのだろう。口を開くことなく黙ったままだ。

「——あの、僕、このままでいたいんです」

するとそれまで一切口を出さなかったルカが、震える声をあげた。

「多分僕だけじゃなく、王都にいる魔力持ちたちは、皆そう思っていると思います」

蔑まれることなく、飢えることもなく、殺されることもない。

多少の危険はあれど真っ当な職につき、住む場所にも困らず、家族を持つこともできる。

ユーイングは極度の人間不信ではあったが、その一方で非常に公正な人物でもあった。

そのおかげでこの王都にいる魔術師たちは、今や必要とされる誇りを持って生きている。

「——メルヴィン師長が、陛下を許せないことは重々承知です。でも——」

自分たちはこのまま、ここで魔術師として働きたいのだ、とルカは言った。

彼の縋るような目に、メルヴィンは長く深いため息を吐いた。

メルヴィンが施設で共に過ごした子供たちのことも大切に思っていることを、コーデリアは知っていた。

そんな大切な仲間の願いを、優しいメルヴィンが無碍《むげ》にするわけがないのだ。

「——わかった。では近く、こちらの主張と陛下の要望を擦り合わせよう」

その場の緊張感が、目に見えて解けていくのがわかった。

未来の展望が見えたからだろう、ユーイングもまたその表情を緩めた。

彼もまたこの世界に残る人類最後の国の王として、途方も無い重圧と戦ってきたのだろう。

彼の行動の全てを許容するつもりはないが、その背に負った荷の重さは理解できる。

そんなユーイングは、相変わらずひっついたままのメルヴィンとコーデリアを見て、いやらしく片方の口角を釣り上げた。

「して、時にそなたたち、いつ結婚するのだ？」

「……結婚？」

メルヴィンの赤蛋白石色の目が、大きく見開かれる。

その発想はなかった、とばかりの彼の顔に、ユーイングは呆《あき》れ果《は》てた顔をした。

「コーデリア嬢をそこまで囲い込んでいるのだから、責任をとって婚姻を結ぶべきではないのか？　そのままにするのは男としてあまりに無責任だと思うが」

「……婚姻？」

メルヴィンのどうもしっくりときていないような声に、コーデリアの胸が痛んだ。

確かにコーデリアもとてメルヴィンと再会するまでは、結婚するつもりも子供を産むつもりもなかったのだが。

こうして一緒に暮らし、体を何度も繋げ合ってもなお、メルヴィンに全くその気が無かったことに、思った以上に衝撃《ショック》を受けていた。

そもそも彼の日頃の行動から、自分に好意があることは明確ではあるのだが、それを言葉にしてもらったことは、未だに一度もないからだろうか。

自分だって想いを口に出したことがないくせに、メルヴィンからの愛の言葉が欲しい、だなんて。

自分の中にこんないやらしくて醜い感情があることに、コーデリアは落ち込む。

「まさかそなた、コーデリア嬢を弄んでいるのではあるまいな？　婚姻前の男女が一つ屋根の下で共に暮らすなど、本来あってはならぬことなのだぞ」

たしかにはたから見ればそれはそうだ、と思わずコーデリアは頷いてしまった。

かつての勤務先の診察所で、なかなか結婚に踏み切ってくれない恋人への愚痴はよく聞いた。もし当時のコーデリアが、自分と全く同じ状況の愚痴を聞いたら、『そんな男とは別れた方がいいと思います！』などと言ってしまいそうである。

ユーイングの言葉にうっかり同意してしまったコーデリアに対し、メルヴィンが何やら大いに衝撃を受けている。

そんなメルヴィンに、だが国王陛下はなおも攻撃の手を緩めない。

「もしこの先もコーデリア嬢と共にいたいのなら、結婚をすべきだ。もしそうするつもりがないのならば、コーデリア嬢の未来を思って、とっととその手を離すべきではないのか？」

国王陛下、妙に結婚に対して圧が強い。

メルヴィンとコーデリアを、何としても結婚させんとする、強い意志を感じる。

（結婚すれば、メルヴィンがここから逃げられなくなるとでも思っているのかしら）

独り身ならば、人生自分の好きなように生きてもいいだろう。だが妻子がいれば話は別だ。どうやらメルヴィンとコーデリアを結婚させることで、彼が王都から簡単には出ていけないよう、枷としたいようだ。

(国王陛下、ちっとも反省していない気がする……！)

家庭を作らせることで、メルヴィンを縛りつけようとするなんて。

全く懲りていないではないかと、コーデリアが思わず呆れてしまったところで。

「──する」

「……え？」

「──結婚、する」

メルヴィンがあっさりとそう言って、コーデリアの手を握りしめた。

まさかそんなに簡単にユーイングの提案を受け入れるとは思っておらず、コーデリアは思わずぽかんと口を開けて、メルヴィンの顔を見上げる。

「その結婚とやらをすれば、俺はずっとコーデリアのそばにいてもいいんだろう？」

だったらそれ以外の選択肢はないと、メルヴィンは言い切った。

それを受けて、ユーイングは満足げに声を上げて笑った。

「はっはっは！　そうこなくてはな！　ならばすぐにでも婚礼の準備をしようではないか！

なあに、まかせておけ。我が王家が総力を挙げて我が国の英雄である魔術師長の結婚を祝ってやろうとも！」

先ほどまでの殺伐とした雰囲気はどこにいったのか、あっという間に祝福状態《モード》一色である。

国王陛下、やはり可及的速やかにメルヴィンとコーデリアをくっつける気のようだ。

あまりにも唐突でコーデリアが困惑していると、メルヴィンが彼女の肩を掴み、真っ直ぐにこちらを見つめる。

「コーデリア。まさか、嫌なのか……⁉」

どうやらコーデリアが、あまり乗り気でないように見えたらしい。

焦った様子のメルヴィンに涙目でそんなことを言われ、コーデリアは慌てて首を横に振った。

嫌ではない。嫌ではないがあまりにも急展開がすぎて、思考がついていっていないだけである。

「メルヴィンこそいいの？　結婚ってそんな簡単に決めていいものじゃないのよ。一生を共に過ごして、家族になるってことなんだから」

勢いで決めて、後々後悔するなんてことにならないかと心配したコーデリアは、メルヴィンを冷静に諭す。

余計なことを言うなとばかりの視線が国王陛下から向けられるが、メルヴィンの未来の方が大切なのでもちろん無視だ。

するとメルヴィンは「家族……」と小さく呟き、嬉しそうに笑った。

「なりたい」

そして、はっきりとそう言った。

「じゃあ、そうしましょ」

メルヴィンが望むのであれば、コーデリアに是非はない。

（メルヴィンは『結婚』という制度そのものが、よくわかっていなかったのかもしれないわね）

何しろ幼い時からあの地獄のような施設で過ごし、育ったのだ。

『愛』どころか、『結婚』や『家族』という概念すらもあやふやだったに違いない。

それからメルヴィンとルカ、国王陛下と無事地下牢から解放されたバーナード、他何人かの高位の役人と軍幹部との間で、話し合いの場が持たれた。

多少紛糾する場面もあったようだが、人類が魔物たちに対抗するため魔術師は必須であるという揺るがない事実を前に、それほど拗《こじ》れずに話はまとまったようだ。

魔物を討伐する魔術師という危険な職業に就くことへの保証はさらに手厚くなり、国王ユーイング直属、ということで新たに『国家魔術師』という制度が作られることになった。

国法にも明確に、魔力を持つ者たちに対する差別を禁止する条項が作られた。

まるで夢のようだと、コーデリアは思う。

もう魔力を持つことを、恥じる必要はないのだ。

そしていつかこのことが、巡り巡って家族の耳にも入るといいな、と思う。

魔力は忌むべき力などではなく、本当は神から与えられし祝福なのだと。

コーデリアの家族は、決して悪辣な人々ではなかった。

魔力持ちだと分かるまでは、愛されていた自覚もある。

けれどもそれでも偏見や差別の前に、どうすることもできなかったのだ。

コーデリアは、もう彼らのことを恨んではいない。

ただ少しだけでいいから、いつか彼らがコーデリアを手放したことを、後悔してくれるといいな、とは思う。

そうしたら心の中にいる幼い日の泣いている自分が、泣き止《や》むような気がした。

その後、コーデリアはようやく施設の子供たちとも再会することができた。

子供たちのほとんどが、立派に魔術師となっていた。しかも皆コーデリアよりも体が大きい。

六年でこんなにも変わってしまうのかと、子供たちの成長を驚きと共に感慨深く思う。

一方で皆にほとんど変わっていないと言われてしまう自分が少し悲しい。

十三歳からほとんど変化がない、というのはいかがなものか。

「もしかしたら、異常に治癒に特化した、その体質のせいかもしれませんね」

コーデリアの老化は通常よりも遅いのかもしれない、と言うのはこちらもめでたく地下牢から解放された元上司《クラーク》である。

『いやあ、参りました。貴方を止められず逃がしてしまったので酷い目に遭いましたよ。なんせ処刑寸前でしたからね』

久しぶりに顔を合わせた彼はそう言って、あははと呑気に笑った。

全くもってコーデリアに対し、悪びれた様子はない。

『あの国王陛下と相性がいい、という時点でお察しだ』とはバーナードの談である。

どうやら物事の善悪という観念に対し、緩い感覚の持ち主であるようだ。

特に研究のことになると、倫理観が正常に働かないらしい。

残してきた診療所はどうした、と思ったが、どうやら信頼できる後輩の医官を呼びつけて、仕事を押し付けてから王都に戻ってきたらしい。

あの町にクラークの他に医者はいなかったため、心配していたコーデリアは安堵した。

『本当はずっと、コーデリアの能力を研究したかったんですよねぇ』

などと言われてしまうと、その穏やかな笑顔が途端に意味深に感じてしまうから不思議だ。

『医学だろうが、魔法だろうが、どんな手段であれ、患者の怪我が治ればいいんです』

だがクラークのその考えには共感して、コーデリアは彼の研究に協力することにした。

渋々ながらもメルヴィンが王からの要請で魔物討伐に復帰したことにより、コーデリアに一人で過ごす時間が増えたこともある。

一人でいるとどうしてもメルヴィンが心配になってしまうので、できれば忙しくしていたかったのだ。

治療魔術というのは、魔力を持っていれば大体誰しもが使うことができるが、効果は非常に限定的であるらしい。

今この国にいる数十人の魔術師の中でも、コーデリアのように自動的に体の治癒を行うような、規格外の能力を持っている者はいなかった。

『あなたの能力は本当に素晴らしいものです！　ぜひ色々と実験させてください！』

クラークに鼻息荒くそんなことを言われ、コーデリアは引いた。

かつてともに過ごした診療所で、コーデリアが怪我をするたびにすぐに治る様子を見て、クラークは大層興奮していたらしい。

素晴らしい上司だと思っていたのに、蓋を開けてみればただの変態だった。

コーデリアは己の人を見る目のなさを、改めて思い知らされてしまった次第である。

そしてコーデリアは、メルヴィンが生み出した精霊の使役法と、クラークが研究してきた人体の仕組みや医学的治療法を参考に、いくつもの治療魔法を生み出すことに成功した。

ただ己の魔力を流し込み、ただ治癒を促すのではなく、効果を最大限発揮できるよう、精霊への細やかな指示と患部への適切なアプローチ法を確立したのだ。

その功績を持って、国王陛下よりコーデリア自身も国家魔術師の地位を与えられた。

それ以後、国王の要請により、コーデリアは一般的な治療では対応できない患者の治療を請け負うようになった。

元々診療所での仕事も気に入っていたし、人の役に立てることに喜びを感じる性質だったこともあり、充実した日々を送っている。

――そして次の春、コーデリアとメルヴィンは国王陛下の後援のもと、婚礼を上げた。

王都内の大聖堂で盛大に挙げられたその式は、国王がどれほど魔術師という存在を重んじているかを国民に広く知らしめた。

贅を尽くして作られた純白の婚礼衣装を纏い、これでもかと飾り立てられた黒髪の愛らしいコーデリアの隣には、魔術師としての黒衣を纏った銀髪の麗しいメルヴィンがいる。

その白と黒の対比《コントラスト》が何とも美しく、人々はそんな新郎新婦に見惚れ、歓声を上げた。

この婚礼をきっかけに、なんと三百年後に至るまで、国家魔術師の婚礼では新郎が国家魔術師の長衣を着ることが伝統となった。

そして大聖堂の祭壇の前で愛を誓い合い、メルヴィンとコーデリアは正式に夫婦となった。

(――本当に大変だった……!)

うっかり国を挙げての祭事となってしまった結婚式を終えた新婦、コーデリアの感想はただこれに尽きる。

準備は早朝から始まり、衣装を着付けてもらった後で髪を結ってもらい、化粧をしてもらっている間に式の進行を頭の中に叩き込み、式が始まれば転びそうになるのを必死に堪えてメルヴィンの元へと歩いていき、その格好良さに魂が抜けそうになるのを必死に堪え、大神官の呪言を受けて声が震えないように永遠の愛を宣誓し、その後の祝宴のために衣装を替え、来賓に挨拶をして回って――。

あまりに大変すぎて、正直ところどころ記憶がない。

ちなみにそれら全てを、夫となったメルヴィンは、実にそつなくこなした。

彼は伯爵位を叙爵されてからすでに四年が経っている。

その間で貴族としての生活に随分と順応していたらしい。

(それにしてもメルヴィン、本当に格好良かった……！)

結婚式での夫を思い出し、コーデリアは身悶えた。

『バーナードのおっさんに、叩き込まれたんだよ』

貴族となるのなら、くだらないことで舐められないようにと、叙爵前にバーナードに教養から礼儀作法に至るまで徹底的に叩き込まれたらしい。あの筋肉、やはり只者《ただもの》ではない。

(……メルヴィンってやっぱり、バーナードさんのこと嫌いじゃないわよね)

憎まれ口ばかりを叩いているが、ただ素直になれないだけで、感謝はしているのだろう。

もしかしたら、どこか父や兄のように感じているのかもしれない。

祝宴の場からを早めに辞し、歩くことも困難な豪奢で重い衣装を脱ぎ、連れて行かれた浴室で、侍女たちに身体中を徹底的に磨いてもらい、ほのかに薔薇の香りのする香油を体に塗られ、薄絹のネグリジェを着せられたコーデリアは、ようやく帰ってくることができた夫婦の部屋の寝台にごろりと転がる。

やっと一息がついた。できるならこのまま眠ってしまいたい。だが一応は新婚初夜である。

(正直かなりの今更感もあるけれども……)

何しろ再会した日から、ほぼ毎晩この寝台で共に眠っているのだ。もちろんもう数え切れないくらいに体を重ねている。

今日一日、疲労を感じにくいはずのコーデリアですら、疲れたと思うのだ。きっとメルヴィンは、もっとずっと疲れていることだろう。

そのままぼうっと寝台の天蓋を眺めていると、寝室の扉が静かに開いた。

コーデリアは上半身を起こし、扉の方へ顔を向けて微笑む。そこには赤らんだ顔をしたメルヴィンが立っていた。

「お帰りなさい。メルヴィン。疲れたでしょう?」

ふらふらとコーデリアに呼ばれるまま歩いてくるメルヴィンは、湯を浴びてきたようだが、全体的に酷く酒臭い。

祝宴で国王陛下や部下たちにやたらと酒を勧められていたから、仕方ない。

(流石に今日は無理そうね)

少々寂しく感じながらも、そのまま寝かせてあげようと、コーデリアが立ち上がり彼に歩み寄ったところで。

グイッと引き寄せられて、強引に唇を奪われた。

すぐに酒精の味がする舌がコーデリアの口腔内にねじ込まれ、その柔らかな内側を蹂躙《じゅうりん》する。

そして抱き上げられ、寝台まで運ばれると、そのまま押し倒された。

いつもよりも随分と強引で、コーデリアは驚く。酒に酔っているせいだろうか。

「んっ、メルヴィン。無理しなくていいわよ。疲れてるでしょ？」

ようやく解放された唇で、コーデリアがそう言えば、メルヴィンは不服そうな顔をする。

「初夜に花嫁を放置するのは、許されないことだと聞いた」

だから疲れていようが酔っ払っていようが、メルヴィンはなんとしてもコーデリアを抱くつもりであるらしい。

「別に放置なんてしていないでしょ」

ちゃんと寝室に来てくれたという事実だけで十分だ。

だがメルヴィンは、それだけでは納得できないらしい。

「初夜を敢行しないと、新妻は使用人に軽んじられるらしいと聞いた」

それはおそらく結婚まで純潔を守る必要のある貴族同士の結婚の場合であり、すでにとっくに純潔を散らされている上に平民であるコーデリアは、該当しない気がするのだが。

それにしても先ほどからメルヴィンが口にする全てが、見事なまでに他人から聞き齧《かじ》った知識である。

「ねえメルヴィン、それは一体どこから得た情報なの？」

「え？　バーナード」

「…………」

どうやらメルヴィンは、婚礼や初夜の流儀をバーナードに根掘り葉掘り聞いたらしい。

コーデリアとしては、正直聞く相手の選択を、間違えているとしか思えない。

何故一度も結婚したことのない、独り身のおっさんにそんなことを聞いたのか。

いくらなんでも、可哀想《かわいそう》だとは思わないのか。

メルヴィンには、どうにも他人に対する気遣いや配慮というものが欠けている。

その様子を想像して、コーデリアが思わず心の中でバーナードを憐れんでいたら、またメルヴィンの唇が降りてきた。

まあ、好きなようにやらせてあげようと、コーデリアは素直に受け入れる。

できたならできたで良いし、できなかったのならできなかったで良いのだ。

夫婦としてこの寝台で、一緒に眠れたならそれでいい。

メルヴィンはコーデリアの寝衣に手をかけると、あっという間に頭を潜らせて脱がせてしまい、その下のドロワースまでも容赦無く脚から引き抜いた。

生まれたままの姿になったコーデリアを、酒精のせいでわずかに血走った目を細めて見つめる。

「ああ、やっぱりコーデリアが世界で一番綺麗だ」

メルヴィンがやたらと素直だ。コーデリアは動揺する。

なんなんだこの可愛い酔っ払いは。デレるにも程があるだろう。酒精ってすごい。

それからメルヴィンは、自分のガウンや下着もあっという間に脱いで全裸になった。

相変わらず均整の取れた美しい体だ。コーデリアは思わず見惚れてしまう。

だが酒精を大量に取ったからか、彼には未だ興奮している様子はない。

メルヴィンの手が伸ばされ、コーデリアの肌に触れる。

いつもなら相応な気遣いを持って触れられるのに、どうやらこちらの箍《たが》も外れているようで、のっけからすぐに胸の慎ましやかな膨らみを掴まれた。

「ひっ！」

やわやわと揉《も》まれて、ぞくりとコーデリアの背筋が震える。

「ふわふわ……柔らかい……」

小さめな胸だが、それでもメルヴィンは幸せそうに触れ、頬擦《ほおず》りをする。

そのあまりの可愛らしさにたまらなくなったコーデリアは、彼のツンツンと跳ねる銀の後頭部を撫でてやった。

するとうっとりと、メルヴィンはまた幸せそうに笑う。

そしてすっかり勃ち上がり、赤味《あかみ》を増した目の前の乳嘴をぱくりと口に咥《くわ》えた。

「んんっ……」

疼いていた場所に与えられた刺激に、コーデリアの口から甘やかな声が漏れた。

それに気を良くしたらしいメルヴィンが、しつこくその赤い実を吸い上げ、軽く歯を立て、舌先で押し込んで嬲《なぶ》る。

繰り返されるうちに、コーデリアの腰が勝手にガクガクと震え出す。

内股に力を入れて堪えていると、メルヴィンの手がそこへ差し込まれ、大きく開かれてしまった。

すでに蜜を滲ませているコーデリアの秘裂が、外気に触れて小さく戦慄《おのの》く。

「濡れてる……」

思っていることが、そのままメルヴィンの口からダダ漏れている。

流石に恥ずかしくなって、コーデリアは思わず顔を手で覆ってしまった。

「顔が見えないのは嫌だ」

するとメルヴィンは少し唇を尖らせて、コーデリアの手を顔から無理やり外すと、彼女の頭の上で纏《まと》め上《あ》げてしまった。

それから真っ赤になったコーデリアの顔を見て、満足げに笑う。

「うん。やっぱり可愛い」

普段にも増して甘いメルヴィンに、コーデリアの心臓がバクバクと激しく鼓動を打っている。

メルヴィンはコーデリアの両手首を片手で押さえつけると、空いている方の手を彼女の脚の付け根へと伸ばした。

「ん、んんっ！」

まるで場所を確かめるように、ぬかるみに指を沈められてコーデリアの腰が小さく跳ねる。

そしてそこにメルヴィンが、己の腰を擦り付けてくる。

「あれ……なんでだ……？」

メルヴィンのものは、わずかに芯があるものの、相変わらず力なく下がったままだ。

それはそうだろう。これだけ泥酔していて、使い物になるはずがない。

なにやら可笑《おか》しくなってきてしまい、コーデリアはくすくすと笑い出してしまった。

恥ずかしそうに目元を真っ赤にしているメルヴィンが、やはり可愛い。

そんな情けない姿を見たって、可愛くて仕方がないのだ。この感情は、もう間違いなく。

「——愛してるわ。メルヴィン」

愛以外には考えられないと、コーデリアは思った。

だからメルヴィンの耳元で素直にそう囁いてやった。彼からはいまだにもらえない言葉を。

するとメルヴィンは、何故か固まってしまった。

両手首を拘束していた手まで緩んだので、コーデリアは不安にかられながらも、自分の両手を取り戻す。

「――愛？」

「ええ、そうよ」

「……俺にはよくわからない」

困ったような声で、幼くメルヴィンが言う。

結婚までしておいて、まだ『愛』という感情、概念は理解できないらしい。

メルヴィンのコーデリアへの執着や独占欲、そして献身は『愛』以外の言葉で表しようがないと思うのに。

なにやら彼が哀れになってしまって、コーデリアは、そんな彼の背中に手を回してそっと抱きしめた。

「でもなんでだろう。コーデリアからその言葉をもらえたことが、すごく嬉しい」

メルヴィンの赤蛋白石色の目が、熱を帯びて潤む。

どうやらコーデリアからの愛の告白が、余程嬉しかったらしい。

（――あら？）

ついでについさっきまで元気のなかった彼のそこが、大きく硬くなっていた。

そしてそのまま、コーデリアの中へずぶりと入り込んでくる。

「あっ……！」

突然与えられた圧迫感に、コーデリアは思わず高い声を上げた。

「コーデリア……」

そして愛おしげに名前を呼ばれれば、じいんと腰が痺れて、内側から蜜が溢れる。

「きゃあっ、あ、ああっ……！」

いつもならコーデリアが慣れるまで待った上で、始めはゆっくりと浅く動いてくれるはずのメルヴィンが、いきなり彼女の腰を掴み、激しく穿った。

コーデリアは激しい衝撃と快感で、思わず悲鳴のような声を上げてしまう。

酒精のせいなのか。こんな野獣のような荒々しいメルヴィンは初めてだ。

「あああっ……！」

そのまま容赦無く腰を打ちつけられ、揺さぶられて。

コーデリアはあっという間に絶頂に達してしまった。

だがヒクヒクと脈動するコーデリアの内側を、メルヴィンは休まずひたすら穿ち続ける。

「や、まって、メルヴィン……！」

「いやだ」

苦しいほどの快感に、コーデリアが音を上げ必死に懇願するが、メルヴィンは聞いてくれない。

結局コーデリアは、そのまま二度目の絶頂に放り投げられてしまった。

流石にぐったりとしてしまったコーデリアの薄い下腹を、まるで中にいる自分を確認するかのようにメルヴィンが優しく手のひらで押さえる。

「ああ、孕《はら》ませたいな……」

思わず、と言ったようにメルヴィンからこぼされた言葉に、弛緩《しかん》していたコーデリアの体が、一瞬で強張った。

これまでコーデリアは、メルヴィンと抱き合う度に、己の内側に避妊の魔法をかけるようにしていた。

排卵を止める魔法だ。そのことにおそらくメルヴィンも気付いてはいただろう。

――――魔力持ちは、遺伝する。

だからコーデリアはこれまで、自分の子供を持つことを諦めていた。

子供は好きだ。だからこそ、自分のような不幸な子供を増やしたくはなかった。それなのに。

「……私もメルヴィンの子供がほしいわ」

こうして夫と抱き合えば、コーデリアの中で自然とその欲が湧き上がってしまった。

どうしても好きな男の子供を、この身をもって残したい。

なにより、メルヴィンに家族を作ってあげたい。彼と家庭を築きたい。

普通の人間であったなら、ごく普通に叶えられたであろう、細やかな願い。

けれども魔力持ちには、酷く難しくて残酷な願いだ。

切なさにコーデリアの両目から、涙が溢れる。

するとメルヴィンはコーデリアの目元に唇を寄せて、そっと優しく吸い上げて囁いた。

「なあ、コーディ。そんなに恐れなくたっていい。だって魔力は、神からの祝福なんだろう？」

お前がそう言ったんだ、とメルヴィンは言った。それを信じて、自分はここまで来たのだと。

ああ、そうだった。コーデリアはそれを信じていたはずだった。

――魔力はきっと、神から人間に与えられた慈悲なのだと。

それなのに、己の子供が魔力を持って生まれてくることを、受け入れられないと思ってしまった。

コーデリアの心の傷が、あまりにも深すぎて。

「大丈夫だ。全部俺がなんとかする」

魔力を持って生まれたことを、祝福されるような、そんな世界に。

メルヴィンは、はっきりとそう請け負った。

「――うん。ありがとう」

コーデリアはメルヴィンの体に縋りついてまた泣いた。

メルヴィンはいつだって、コーデリアの願いを叶えてくれる。だからきっと大丈夫だ。

またメルヴィンがコーデリアの体を揺さぶり始め、それに応えるように、コーデリアは甘く声を上げる。

どうしよう、幸せだ。こんな幸せが自分に訪れるなんて、思いもしなかった。

そしてその日初めて、コーデリアは己に避妊の魔法をかけなかった。

第五章　結界

メルヴィンの中には、天秤《てんびん》がある。――おそらくは、人の罪を測るための。

瞼の裏に光を感じ、メルヴィンが目を覚ませば、腕の中には妻のコーデリアが健康そうな寝息を立てて眠っていた。

温かくて柔らかくて滑らかな、世界で一番綺麗なメルヴィンの宝物だ。

子供の頃は、朝が来るたびに憂鬱だった。くそったれな現実がまた始まるからだ。

けれども今は、夜に目を瞑るたび、朝が来るのが待ち遠しくてたまらない。

――何しろ目を開ければ、すぐにコーデリアに会えるのだから。

まさかこんな自分が、こんな幸せを得られるとは思わなかった。

「俺のコーデリア」

所有形容詞をつけて呼べば、それだけで胸がじんと温かくなる。

バーナード曰く、結婚さえしてしまえば、余程のことがない限りはコーデリアを一生自分の元に縛り付けることができるのだという。

『その代わり、誰よりも大切にしなきゃいけないし、誰よりも幸せにしなきゃいけないんだ。結婚をするってのはそういうことだぞ……まあ、俺に妻はいないから本当のところはわからんがな！』

っていうかそもそも独身の俺に聞くなよ！　とバーナードは涙目で怒っていた。

だがこれまでメルヴィンに一番有益な情報を与えてくれたのはバーナードなので、そこは信用があるのだ。

メルヴィンが素直にそう口に出せば、いい年したおっさんが何やら顔を赤くして照れていた。やはりお人好《ひとよ》しな男である。

家族というものがどんなものなのか、夫婦というものがどんなものなのか、愛がどんな感情なのか、メルヴィンにはわからない。

気がつけば、あの地獄のような施設に収容されていたからだ。

わずかに残っている子供時代の記憶を遡るに、おそらくメルヴィンはそれなりに良い家に生まれたようだ。

金の髪をした美しい女が、自分のことを「メル」と愛おしげに呼ぶ声を、「愛してる」という言葉を、うっすらとだが覚えている。

だが生まれてすぐに、メルヴィンの周囲には精霊が満ちた。

彼らは面白おかしく、メルヴィンにさまざまなことを一方的に教えてくれる。

それは本当にくだらないことばかりだ。明日は晴れるとか、夕方から雨が降るとか、もうすぐ魔物が群れをなしてやってくるとか。

言葉を覚えたばかりの幼く愚かなメルヴィンは、それを周囲の大人たちにそのまま伝えてしまった。

最初は子供の戯言《たわごと》だと思っていたそれが、あまりにも当たることに気づいたのは誰だったか。

皆が自分を薄気味悪い目で見るようになって、メルヴィンはそれを口に出すことをやめた。

だが今度は、メルヴィンの周囲で不思議なことが起こるようになってしまった。

突然周囲に火が舞ったり、水浸しになったり、突風が吹いたり、地面が隆起したり。

全て精霊たちがメルヴィンの気を引こうとして、勝手にしたことだ。

だがなんの力も持たない人間からしてみれば、それはさぞ恐ろしいことだったろう。

『魔力持ちだ』と誰かが言い、『捨ててこい』と誰かが言い、『殺せ』とまた誰かが言った。

そしてメルヴィンは、あの施設の前に捨てられることになった。

どうやら、子供を手にかける勇気はなかったらしい。

施設に入れば、そこは悍《おぞ》ましい空間だった。

まともに養育を受けていない子供達を、ただ集めて放置すればどうなるかはわかりきっている。

だがしばらくすれば、慣れた。人は案外どんなところでも生きていられるらしい。

ここにいるのは、精霊に愛された子供たちばかりだ。

だから施設の中は、常に精霊で満ちていた。

すると必然的に、精霊たちはメルヴィンに集《たか》ってくる。

どうやら精霊たちは、彼の中にある何かを欲しがっているようだった。

――ちょうだい。ちょうだい。

――それをくれたら、どんな願いでも叶えてあげる。

だがメルヴィンは、どれほど請われようと、それを精霊たちに与えるつもりはなかった。

（――これは何か、とても怖いもののような気がする）

メルヴィンの中に眠る何かは、決して安易に手を出してはいけないものだと知っていた。

しばらくして、子供たちが少しずつ連れ出され、いなくなっていることに気づいた。

その答えは、やはり精霊が教えてくれた。

――あの子なら、魔物に食べられてしまったよ。良い魔力を持っていたのに残念。

どうやら自分たちは、魔物の餌とされるべく生かされていたらしい。

街に魔物たちが襲いかかってくるたびに、魔力持ちの子供たちを餌にして、街から魔物を遠ざける。

そんなことを、この街の者たちは繰り返して生き延びていたのだ。

一体自分たちが、何をしたというのか。

ここまでされなければならないような、罪を犯したとでもいうのか。

(――こんな世界、消えてしまえばいいのに)

そう思うのに、心のどこかがそれでも否という。

メルヴィンは、まだ人に対する期待を捨て切ることができなかった。

そしてとうとうメルヴィンが次の生贄になる番となって、施設にやってきたのがコーデリアだった。

綺麗な服を着て、綺麗な髪をして、可愛らしい顔をしたその子ですら、自分と同じように魔力を持っているからと家族に捨てられてしまったらしい。

「メルちゃん！　よろしくね！」

だが久しぶりに他人に名前を呼ばれ、にっこりと微笑まれた時。

メルヴィンの目から、思わず涙がこぼれそうになった。

自分のことを名前で呼び続けたのは、もう誰にも呼んでもらえなくなってしまったその名を、忘れたくなかったからかもしれない。

(でもこの子もそのうち他の子と同じように、汚れてしまうんだろう)

そう思っていたのに。コーデリアは行動力の塊で、いつまで経っても綺麗なままだった。

そしてこの地獄のような施設の環境を、自ら改善すると宣言、メルヴィンや子供たちに手伝わせながらも、本当に綺麗にしてしまったのだ。

そして子供たちに言葉を教え、規律を教え、果ては教養まで与え始めた。

その途方もない行動力に、体力に、精神力に、メルヴィンは圧倒された。

なんでもコーデリアの魔力は、治癒に特化しているらしい。

放っておいても、彼女の体は自動的に修復される。だからこそ全く熱量が減らないのだ。

コーデリアのその圧倒的な熱意に、獣のようだった子供たちは、すっかり人間らしくなっていった。

（——どうせ魔物の餌になって殺されてしまうのに）

人としての尊厳は、果たして必要だったのか。

コーデリアの崇高な行動は、このままでは悲劇しか生まない。

（——なんとかしなくては、いけない）

メルヴィンは初めて、ここにいるみんなで生き残る術を考え始めた。

その頃すでに、コーデリアから与えられた知識によって、精霊との意思疎通方法を確立していた。

彼らは魔力を贄に指示を伝えれば、その通りに動いてくれる。

それを利用して、襲ってくる魔物を倒してしまえばいい。

（食われる前に、殺してやる）

これまで通りであれば、どうせ次の生贄はメルヴィンなのだから。

そんな覚悟を決めてたった数日後。

――ねえねえ、魔物がいっぱいきたよ。

いつものように精霊の声がして、メルヴィンは目を伏せる。

どうやらとうとうその時が来てしまったらしい。

男たちがやってきて、当然のように自分が連れて行かれると思いきや、男たちは小さな子供たちを狙った。

自分やコーデリアを失えば、この施設の子供たちの統制が失われると思ったのだろう。

だがコーデリアはその子供を庇い、殴られ、そして自ら生贄になると言い出した。

(――は?)

そのあまりの躊躇のなさに、メルヴィンは愕然とした。

コーデリアの満《み》ち溢《あふ》れる生命力は素晴らしい。感嘆に値する。

だがその一方で、コーデリアはひどく破滅的であった。

家族に捨てられた経験は、ちゃんと彼女を歪めていたのだ。

コーデリアは本気で『いつ死んでもいい』と思っている。

そして『いつ死んでもいい』ように、悔いのないよう常に全力で生きているのだ。

――だからこその、あの圧倒的な熱量。

「──メルが行く」

死に行こうとする彼女の手を、メルヴィンは掴んだ。

どうしようもない憤りが湧く。絶対にコーデリアを死なせてやるものか、と思った。

理由さえあれば、彼女はあっさりと己の生を手放してしまう。

だったらその理由を、ことごとく潰してやればいい。

「ダメよ。私がこの中で一番年上だもの」

そしてコーデリアから、年下だと思われていたことにも衝撃を受けた。

つまり自分はずっと、コーデリアにとって守るべきものだったということだ。そのことが酷く悔しい。

本当は自分の方が年上で、自分の方が強くて、自分は男なのだから。

（──コーディはメルが守る）

コーデリアはこれまでメルヴィンが見てきた世界の中で、最も美しいものだった。

そんなコーデリアを、失うわけにはいかなかった。

彼女を拘束するよう精霊たちに指示を出し、メルヴィンは男たちに付いていった。

その時コーデリアの目から溢れた涙は、やっぱりとても綺麗だった。

そして街の反対側にある遺跡の大理石の柱に、メルヴィンは括り付けられた。

おそらくここで、何人もの魔力持ちの子供たちが、魔物に食われていたのだろう。

メルヴィンが魔力を放出すれば、魔物たちの気配がどんどんと近づいてきた。

風の精霊に命じ、体を拘束している縄を切る。

制御《コントロール》はまだ甘いが、きっとどうにかなるはずだ。

（生き残らなければ……）

メルヴィンが施設に帰らなければ、次に生贄にされるのはコーデリアだ。

それだけは絶対に、許すことはできなかった。

（絶対にコーディの元に帰るんだ……！）

メルヴィンは重傷を負いながらも、なんとか襲ってきた魔物を全て殲滅し、施設に帰った。

そしてコーデリアに泣きながら「おかえりなさい」と言ってもらえた時、メルヴィンは生きていることを実感した。

そしてコーデリアは一晩中、メルヴィンの手を握り続けてくれた。

その手の温もりに、メルヴィンはこれまで感じたことのない幸福に満たされた。

（――死ぬまでずっと、コーディと一緒に居たい）

そのためならば、なんだってできる気がした。

そうしてメルヴィンはコーデリアと子供たちの代わりに、数ヶ月ごとに訪れる魔物の生贄になり、魔物を引き寄せ駆逐し続けた。

そうすれば、みんなを守れると思っていた。

だがそれは結局現状維持に過ぎないのだと、メルヴィンは思い知らされた。

メルヴィンが生贄として施設を出ている間に、コーデリアは酷い暴力を受け続けていたのだ。

血を流し、ぐったりとしているコーデリアを見て、メルヴィンは怒りで震えた。

コーデリアの治癒力を持ってしても簡単に治らないということは、命に関わるほどの深刻な状態だったということだ。

メルヴィンの怒りに呼応して、大地がカタカタと小さく揺れる。

(――このままじゃだめだ)

コーデリアを、そして子供達を守るために、何か方法を考えばならない。

いずれこの施設を出ていくとしても、圧倒的に少数派《マイノリティ》であり、子供にすぎない自分たちが生きていくのは難しい。

住む場所もなければ、食べ物を手に入れる方法もない。

一層のこと、この力を使って普通の人々を脅しながら生きていくことも考えたが、それはコーデリアの望む普通の暮らしではないだろう。

そしてその時、ふとメルヴィンはコーデリアの言葉を思い出した。

『本当は魔力って、神様からの特別な贈り物なんじゃないかと思うことがあるの』

言われてみれば確かにそうだ。普通の人間はまともに魔物に抵抗できないのに、魔力を持つメルヴィンは魔物を倒すことができるのだから。

（神の寵愛《ちょうあい》を受けているのは、本当は魔力持ちの方ではないのか？）

だったら普通の人間たちに、自分たちの価値を見せつけてやればいい。

そして魔力を持つ者たちの権利を、勝ち取ってみせる。

メルヴィンは施設を出て、コーデリアに暴力を振った門番を血祭りにあげた後、魔物たちを駆逐しながら、東にある王都へと向かった。

その道の途中でバーナードと出会い、彼を助け、彼の主君であるファルコーネ王国の王と交渉する場を得て。

彼に力を貸すことと引き換えに、魔力を持つ子供たちの保護を取り付けた。

だがメルヴィンを信用しなかったファルコーネ王ユーイングは、密かに手を回しコーデリアだけを人質としてどこかに隠してしまった。

あまり人と関わらずに生きてきたメルヴィンは、人との折衝に慣れていなかった。

その弱い部分を、見事に突かれてしまったのだ。

メルヴィンは怒り狂ったが、コーデリアを人質とされてはどうにもできず、結局国王ユーイングに忠誠を誓わされ、彼の元で働くようになった。

（いつか絶対に取り返してみせる……！）

そう誓いを立てて、コーデリアに編んでもらうために伸ばしていた髪を断ち切った。

魔物退治に明け暮れ、魔術の研究に明け暮れつつも、密かにコーデリアの居場所を探し続けていたある日。

バーナードが焦った様子で、メルヴィンの仕事場へ飛び込んできた。

コーデリアの住む町が、魔物に襲われると言って。

国王はコーデリアを見捨てる選択をしたようだが、その命令をお人好しなバーナードは受け入れられず、こうしてメルヴィンに伝えにきたのだ。

相変わらず甘い考えのお人好しな筋肉だが、おかげで助かった。

そしてメルヴィンはバーナードと共にコーデリアの住む町に赴き、魔物に襲われている彼女を救い出すことに成功したのだった。

コーデリアは相変わらず、子供を守るために魔物の前に身を投げ出していた。

どうやら『いつ死んでもいい』という、死に場所を探すような破滅的な思考は直っていないらしい。

それが酷く腹立たしい。メルヴィンがどれほど彼女を大切に思っているか、知らないからそんなことができるのだ。

一層のこと、コーデリアの生殺与奪を握ってやりたい。彼女がもう死を選べないように。

そんなメルヴィンの思いが、うっかり「お前の全ては俺のもの」という言葉になってしまった。

実際メルヴィンは、もう二度と彼女を手放す気はなかった。

もちろん、国王にまた取り上げられるのもごめんだ。

だからこそコーデリアを己の屋敷の中に囲って、大切にしまっておいたのだが。

国王であるユーイング曰く、その全てを解決するのが、結婚という制度らしい。

コーデリアを己の妻にすれば、生涯彼女をそばに置いていられるそうだ。

あの王の言いなりになるのは業腹だが、そう聞いてしまえば、しない理由はなかった。

コーデリアの花嫁姿はこの世のものとは思えないほどに美しかったし、奥様と使用人に呼ばれて照れて顔を赤くする姿など、この世のものとは思えないほどに可愛かった。

メルヴィンは幸せだった。

碌でもない人生を送ってきた自分が、こんなに幸せになれるとは思わなかった。

きっと自分が世界を恨むことは、もうないだろう。——コーデリアを失わない限りは。

◇◇◇◇

コーデリアがメルヴィンと結婚して、三ヶ月が経った。

だがこの三ヶ月、メルヴィンは非常に忙しく、ほとんど魔物討伐の遠征に出ていて、なかなか一緒に過ごす時間が取れない。

（……魔物の数に対して、圧倒的に魔術師の数が足りていないのよね）

国王の号令で国中から魔力持ちを集め、魔術師を育てているものの、魔物との戦いで殉職してしまう者や、恐怖に耐え切れず辞めてしまう者も少なくなく、その数はなかなか増えない。いくら魔術師が強くとも、このままでは人間はじりじりと追い詰められていくだろう。

「奥様！　旦那様がお帰りになりました！」

喜色の滲んだ侍女の声に、コーデリアは立ち上がり、玄関へと走る。

共に施設で過ごしていた頃から、コーデリアはメルヴィンに必ず「おかえりなさい」を言うと決めている。

玄関に入ってきたメルヴィンは血と土埃《つちぼこり》で汚れていた。どうやら今回も厳しい戦いであったようだ。

「おかえりなさい、メルヴィン」

「ただいま、コーディ」

見るからに疲れているメルヴィンの手を引いて、居間の長椅子に誘うと、コーデリアは座った彼を引っ張って横にさせて、己の膝に銀色の頭を乗せた。

そして彼についた傷を、一つずつ治療していく。コーデリアの魔力が気持ち良いのか、メルヴィンは目を細めた。

確かにメルヴィンは強い。だがそれでも時折こうして傷を負って帰ってくる。

その度にコーデリアは彼の治療をした。自分の一番大切な仕事だ。

「ありがとう、コーディ」

（傷は治せても、受けた時の痛みが消せるわけじゃない……）

痛みに慣れたとしても、痛いものは痛いのだ。

確かに国家魔術師になって、人並み以上の生活をしている。だがそれは所謂危険手当だ。

本当はメルヴィンに家にいてほしい。ゆっくり傷と疲れを癒やしてほしい。危険な目に遭ってほしくない。

（……行かないで）

本当は言いたい。けれども言えない。

だって彼が行かなければ、魔物によってたくさんの人が死ぬのだ。

今頃になってコーデリアは、再会したばかりの頃に二人で十日間屋敷に閉じこもって愛し合っていただけの日々を懐かしく思い出す。

誰にも邪魔されない、二人だけの時間。今思えばとても贅沢で幸せな時間だった。

「……結婚したのに、ちっとも側にいられない。納得がいかない」

愛おしげに頬に触れられて、コーデリアは泣きそうになるのを必死に堪えて笑った。

「ああ、働きたくない。このままずっとコーデリアにくっついていたい……」

「そうね。私もそう思うわ」

だがそれは許されない。あまりにもメルヴィンの助けを待つ人々が多すぎる。

「施設にいた頃も、こうしていつもコーディが治療してくれた」

「あの頃は魔力をただ流しているだけだったから、ずっと時間がかかったけれど」

「でも一晩中ずっとコーディに手を握ってもらえるから、幸せな時間だった」

まさか当時からそんなふうに思ってもらっていたとは、思わなかった。

思わずコーデリアの頬が赤くなる。するとメルヴィンが幸せそうに笑った。

「あの時からメルヴィンは、いつも私の願いを叶えてくれたわね」

「……そんな大したことはしていない」

「十分してるわ。謙遜するのはやめてちょうだい」

するとメルヴィンが恥ずかしそうにそっぽを向くので、コーデリアは意地悪くメルヴィンが自分のためにしてくれたことを指折り数えてやった
どれだけコーデリアがメルヴィンに感謝をしているか、彼はちゃんと知るべきなのだ。

「そう、施設内に虫が入らないようにって、結界を張ってくれたこともあったわね。おかげで夜もぐっすり眠れるようになって――」

そこでコーデリアは、ふと思いつきを口にする。

「虫みたいに、魔物も追い出せる大きな結界が張れたらいいのにね。あの町でメルヴィンが私にかけてくれたみたいに……」

そうしたら魔物を討伐する必要はなくなって、メルヴィンとずっとそばにいられるのに。

するとそれを聞いていたメルヴィンは、突然大きく目を見開き飛び起きた。

そしてぶつぶつと何やら呟きながら、うろうろと居間を歩き出す。

「ど、どうしたの？　メルヴィン」

とうとう疲労のあまり精神に不調をきたしてしまったのかと、コーデリアが心配したところで。

「――それ、俺ならできるかもしれない」

「きゃあ！」

メルヴィンは突然コーデリアを抱き上げ、くるくるとまわった。

「それができれば、コーディのそばにずっといられるようになる！」

それから実際にメルヴィンは、国全体を覆う対魔結界を張るための研究を始めた。

寝食を忘れ、夢中になって研究に打ち込むその姿に、過労死してしまうのではとコーデリアが不安になってしまうほどだ。

メルヴィン曰く、この国の王都がこれまでほとんど魔物の被害に遭わなかったのは、王都が精霊の溜《た》まり場《ば》になっていたかららしい。

「おそらく、精霊にとって居心地がいい立地なんだろう。他の土地より圧倒的に精霊の量が多い」

その精霊の力を使って、常に結界を張り続けられる仕組みを作るらしい。

そして三ヶ月ほどで、本当にメルヴィンは国全体を覆う巨大な対魔結界を作り上げてしまった。

（私の夫、凄すぎでは……？）

ただし王都に溢れる精霊の力で結界を発動させているため、王都から離れるほど、その効果は薄くなってしまうらしい。

また特定の強力な魔物は、防ぐことができない。

だがそれでも国内に侵入してくる魔物の量は、圧倒的に減る。

王宮の中央に刻まれた術式を起動させ、メルヴィンは国王のユーイングや妻のコーデリアに見守られながら、結界を展開した。

虹色の光がその場に満ちて、メルヴィンの銀の髪と国家魔術師の黒衣がはためく。

キィンッと耳の奥で硬質な音がして、無事結界が張られたことを教えてくれる。

大きな歓声が上がった。それは人類が初めて明確に魔物に打ち勝った瞬間だった。

「こんなとんでもないものを作った理由が、妻といちゃつく時間を作るため、というのが何やらいただけないがな」

ユーイングが呆れたように言い、コーデリアは困ったように笑う。

「まあ、案外そんなもんですよ。男が頑張る理由なんて。俺は死ぬほど羨ましいです」

護衛として王の隣にいたバーナードの素直な言葉に、その場にいた全員が吹き出した。

結界を張り終え、魔力を使い切ったメルヴィンが、ふらつきながらも振り向いて子供のように自慢げに手を振る。

それを受けたコーデリアは、喜びと誇らしさで居ても立ってても居られず、夫に走り寄って思い切り飛びつき、そのまま二人で地面に転がって笑い合った。

対魔結界の効能は抜群で、ファルコーネ王国の国内から魔物の数が瞬く間に減っていった。

だがやはり王都から遠い場所は、結界の恩恵を受けにくく、魔物討伐が完全になくなるわけではなかった。

それでも夫婦が共に過ごす時間は圧倒的に増え、メルヴィンとコーデリアは穏やかな時間を過ごしていた。

ずっとこんな時間が続いていくと信じていた、そんなある日。

メルヴィンの任務内容を聞いて、コーデリアの全身から血の気が引いた。

「――竜ですって？」

メルヴィンの結界を以《もっ》てしても、唯一どうすることもできない魔物。

それが竜である。魔物の中でも最上位の攻撃力と食欲を持つ、それ自体が災害のような強大な生き物だ。

竜は目につくもの全てを食べ尽くしてしまう。

そのせいで、これまでいくつもの村や街が消滅したという。

ただ個体数自体は非常に少なく、滅多《めった》に出現するものではないのだが。

「――すでに村が一つ食い尽くされたらしい」

当初ただの魔物だと報告を受け、国家魔術師の小隊を送ったが、途中その魔物が竜であることが発覚したようだ。

竜が発生したと報告すれば、見捨てられて助けが来ないとでも思ったのだろう。救援依頼の内容自体が偽られていたらしい。

メルヴィンの言葉に、コーデリアの喉が恐怖で小さく鳴る。

「だ、大丈夫なの……？」

コーデリアの声が震える。竜は人がどうこうできる存在ではない。

見つけたら最後、ただ逃げるしかないのだ。

「心配するな。竜ならこれまでも何匹か倒したことがあるから大丈夫だ」

コーデリアを安心させようと、メルヴィンは笑う。

「すぐ帰ってくるから、待っていてくれ」

そう言ってメルヴィンはコーデリアの顔中に口付けを落とし、竜討伐へと旅立った。

やはり魔物との戦いは終わらず、まだ続いていくようだ。

「まあ、完全に魔物がいなくなっちゃったら、僕たちも商売あがったりな気がしますけどね」

馬車の中でコーデリアが思わず不安を吐露すれば、向かいに座るルカが軽口を叩いた。

メルヴィンは魔物討伐などで王都を留守にする際、必ずコーデリアに腹心の部下を護衛兼監視役としてつけていく。

かつて人質としてコーデリアを連れて行かれてしまったことが、相当な心的外傷《トラウマ》になっているようだ。

今回の遠征中の護衛はルカであった。彼とは子供の頃からの付き合いであり、気安い仲だ。

今日は国王陛下に呼ばれ、王宮に向かっている。

おそらく診てほしい患者でもいるのだろう。

コーデリアは今や、この国一番の治療魔術師になっていた。

コーデリアは死すら恐れぬ怖いもの知らずのため、かつて国王陛下にも相当な不敬を働いたのだが、むしろそのせいで彼に気に入られてしまったらしい。

治療を終えたら、また国王陛下のお茶に付き合わされることだろう。

「確かに、国家魔術師の存在意義に関わってくるかもしれないけれど」

「メルヴィン師長の指示で、戦闘以外にもっと魔法の用途を広げようとは思っていますが、まだしばらく時間はかかるでしょうね」

対魔結界という功績により、魔力持ちへの偏見はさらに薄まってはきている。

けれども偏見も差別も、打ち消すことは難しいのに、生まれることは実に容易い。

今は魔力持ちに用途があるから大切にされているが、それがいつまで続くかはわからない。

「特にコーデリアさんの治療魔法には期待してます。壊すことばかりが得意な魔術師が多い中で、人を救うための魔法ですからね」

「ふふ、ありがとう。役に立てたら嬉しいわ」

「コーデリアさんは元々役に立ってますよ！　あのわがまま魔王を人間側に繋《つな》ぎ止《と》めてくださっているだけでも、ありがたい存在です！」

魔王とはもしや、メルヴィンのことだろうか。

確かに見た目からしてそれっぽくて、コーデリアは思わず吹き出して笑ってしまう。特にきらりと光る八重歯らへんが。

(早くメルヴィンが帰ってくるといいな……)

コーデリアが夫を思い出し、恋しく思ったところで。

突如としてけたたましく、王宮の警鐘が鳴らされた。

王都に住み始めてそれなりに長くなったが、王宮の警鐘が鳴るのを聞いたのは、これが初めてだった。

「どうしたんだ?」

何事かとルカが御者に馬車を止めさせて、外へ飛び出したところで。

「……嘘だろう?」

空を見上げた彼が、何かを目にとらえて、呆然と呟いた。

コーデリアも馬車の外へ出て、ルカの視線の先を追ってみれば。

そこには悠然と飛ぶ、巨大な竜がいた。

どうやら王都に向かって、飛んできているようだ。

よく見てみれば、その竜の体は傷だらけであった。——つまりは。

（メルヴィンが討伐に行った竜なの……？）

コーデリアの全身から、血の気が引いた。

この竜が生きているということは、メルヴィンが討ち漏らしたということで。

（じゃあメルヴィンは……メルヴィンはどうなったの……？）

体の震えがとまらない。やっと、やっとここまできたのに。

「うわあ！　竜だ……！」

「なぜこんなところに……！」

周囲の人々も、空にいる竜に気付き、次々に悲鳴を上げ始めた。

「助けてくれ！　死にたくない……！」

「王都が魔物に襲われることなんて、これまでなかったのに」

「どうしてこんなことになったんだ……⁉」

「——王都に魔力持ちが増えたせいじゃないのか？」

まさに偏見が生まれる瞬間を、コーデリアは見てしまった。

偏見をなくすには長い時間と地道な努力が必要なのに、生まれる時は一瞬だ。

羽織っている長衣から、ルカとコーデリアが国家魔術師であることがわかったのだろう。

「お前らのせいだ！」「竜を連れて出ていけ！」などとそこにいた人々に、次々に罵られる。

そしてメルヴィンへの心配と向けられた剥《む》き出しの悪意のせいで、動揺のあまり魔力制御ができなくなったコーデリアから漏れ出した魔力に。――竜が、気付いた。

竜の首がゆっくりとこちらに向けられ、コーデリアは目が合ってしまう。

長細い瞳孔に見据えられると、ぶわりと全身の毛穴が開くのを感じた。

それは非捕食者が、捕食者に見つかった瞬間だった。

「逃げますよ……！」

ルカがコーデリアの手を引っ張って馬車に戻すと、王宮から離れた方向へ走らせる。

コーデリアが、竜の標的になったことに気づいたのだろう。

このまま予定通り王宮へ向かえば、甚大な被害が出る。

「大丈夫です。師長がいない間は、僕がコーデリアさんを守ります」

だがそう言っているルカの顔色は悪く、体は恐怖で震えている。

（あの竜は傷を負っていた。だから私を食べたがっているのかもしれない）

魔物が魔力持ちを好むのは、その魔力を己のものとして吸収したいからだと謂われている。

だからこそ傷を負った竜は、治癒に特化したコーデリアの魔力を狙っているのだろう。

(だったら私が囮になって、王都の外へ誘き寄せればいい)

そうすれば、被害を最小限に食い止められるはずだ。

「ルカ、馬車を王都の外へ向かわせて」

このままコーデリアが王都の中にいたら、無駄に被害者を出すだけだ。

「そしてあなたも御者の方も、適当なところで逃げてちょうだい」

ルカが唇を噛み締め、それから真っ直ぐにコーデリアを見つめた。

「僕は逃げません。今度こそコーデリアさんを守ります」

かつてあなたが僕を守ってくれたように、と言ってルカは笑った。

コーデリアの目から涙が溢れる。かつて突然の暴力から彼を守ったことがあった。

そのことを、ルカはずっと恩として覚えていてくれたのだろう。

でも、だからこそ彼を巻き込むわけには行かないと、コーデリアが毅然《きぜん》と言い返そうとしたところで。

「きゃあっ！」

突然馬車が横に吹き飛ばされた。どうやら王都を取り囲む外壁ごと、竜によって薙《な》ぎ払《はら》われたらしい。

横倒しになった馬車の中、全身を強く打ったコーデリアは、それでも必死に立ち上がる。

（なんとかして王都の外へ竜を誘き寄せなくちゃ……！）

ここは命をかけて、メルヴィンが守っている都なのだから。

こんなところで、竜に暴れてもらっては困るのだ。

天井になってしまった馬車の扉を、コーデリアが開けた瞬間。

目の前には、大きく開かれた竜の顎があった。

（――食われる）

コーデリアが死を覚悟した瞬間。その竜の頭部が豪炎に包まれた。

竜の背後には、全身に炎を纏わせたルカがいた。

「コーデリアさん！　逃げてください……！」

ルカの声に我に返ったコーデリアは、馬車の中から抜け出し、崩れ落ちた外壁から王都の外へとまろびでる。

するとルカが竜の尾に打ち据えられ、吹き飛んだ。

「ルカ……！」

「僕はいいから！　逃げて……！」

ルカの血混じりの叫びに、コーデリアは踵を返して走り出す。

目論見通り、竜はルカに見向きもせずに、ただコーデリアを追いかけてきた。

追いつかれるのは、時間の問題だろう。

(――今度こそ本当にだめかもしれないわね)

きっと自分はこのまま、竜の糧になるのだろう。

仕方のないことなのに、なぜだろう、前と違って諦められない。

これまでコーデリアは、自分のことをずっと『死んでもいい』と思っていた。

積極的に死を望むわけではないが、その時が来たらいつ死んでもいいと。

そしていつ死んでもいいように、後悔をしないよう全力で行動する癖がついた。

コーデリアはいつも消極的に、死に場所を求めていたのだ。

だからこそ自らの命を顧みずに、こうして躊躇なく身を投げ出してしまう。

だがそれは優しさなどではなく、ただの承認欲求でしかなかったのだろう。

親にも兄弟にも捨てられた魔力持ちの自分には、価値がない。

でも誰かのためにこの命を使ったら、自分の命にも意味が、価値が生じるのではないか、と。

人はパンのみに生きるにあらず。それはかつての父の言葉だ。

どうしたって人間は、生きる理由を欲する生き物なのだ。

誰でも良いから必要とされたい。なんの意味もない人生は嫌だ。――でも今は。

(死にたくない……!)

コーデリアを抱きしめ、幸せそうに笑うメルヴィンが眼裏に浮かぶ。思わず涙が溢れた。

(どれほどみっともなくとも、私は生きたい……！)

このままメルヴィンと共に生きたい。死にたくない。離れたくない。

コーデリアは久しぶりに、生に執着した。

だが結局はつんのめって転び追いつかれ、竜の大きく開かれた顎が近づいてきて。

ああ、食べられてしまう、と死を覚悟したコーデリアが強く目を瞑った瞬間。

「おい！　コーディ！　何を勝手に死のうとしてやがる……！」

凄まじい地響きと共に、最近では穏やかになってめっきり聞かなくなった、大好きな人の懐かしい怒鳴り声が聞こえた。

◇◇◇◇

想定以上に王都に近い場所にいた竜の背を見て、メルヴィンは小さく舌打ちをする。

「……七枚か、結構面倒だな」

竜はその背にある背鰭《せびれ》の数で、おおよその年齢がわかる。

竜の寿命は生まれて死ぬまで百年といわれ、十年度にその背鰭の数が増える。

つまり目の前にいる大きな翼を持った竜は、七十年の年月を生きたということだろう。

そして竜は、年老いた個体ほど大きくて強い。

今日も今日とて、周囲にいる精霊たちが、聞いてもいないのに色々と勝手に教えてくれる。

先発隊の魔術師たちは、随分と前に撤退していたようだ。

もともと竜がいることを聞いていない状態で編成された隊だ。

とてもではないが、彼らでは相手にならない。

敵《かな》わないと判断したらすぐに撤退せよ、という魔術師長メルヴィンの教えを、彼らは忠実に守っていた。

それでなくとも数少なく貴重な魔術師を、無謀な戦いで無駄死にさせたくない。

それならメルヴィンが、代わりに倒せばいいだけのことだ。

もはやメルヴィンに、倒せない魔物などいないのだから。

竜と聞いて今回、他の魔術師は足手纏《あしでまと》いになるだけだと一切連れてこなかったくらいだ。

(――それにしても、どうして竜はこんな王都近くにいるんだ?)

当初聞いていた地点よりも、随分と王都に近づいている。

本来ならば王都に近づくほど、結界の効力は強くなる。

よって竜であっても、それなりに不快に感じるはずなのだが。

(まあ、いい。まずは翼を落とすか)

その巨体のせいか竜の飛距離はそう長くはなく速度も大したことはないが、それでも飛ばれたらやっかいだ。

メルヴィンは火と風の精霊たちに命じ、魔力で無数の矢を作る。

竜の鱗《うろこ》を突き破るのは、メルヴィンでもなかなかに骨が折れる。

何しろ高密度に魔力を固めて作った刃でなければ、傷一つつけられないのだ。

久しぶりに全力で、メルヴィンは魔法を放つ。

狙い通り矢は竜に多くの傷を負わせた。――だが。

（くそっ！　傷が浅かったか！）

凄まじい雄叫《おたけ》びを上げて、竜が翼をはためかせた。どうやら飛ぶ気らしい。

竜の体は貴重な資源となる。そのためあまり傷つけずに倒したいというメルヴィンの欲深い考えが裏目に出たようだ。

そして竜はよりにもよって、なぜか王都へと向かって飛び始めた。

（しまった……！）

このままでは甚大な被害が出てしまう。――そして何よりあそこには、コーデリアがいる。

メルヴィンの全身から、血の気が引いた。

馬に乗って必死に竜を追いかける。

するとしばらくして、撤退したはずの先発隊が、竜に食い荒らされた無惨な姿で見つかった。

――あーあ。魔障をつけられちゃってたんだね。かわいそうに。

精霊たちが、ちっとも残念に思っていなさそうな声で言う。

竜は一度獲物とみなした人間に、執着する。

おそらく先発隊の誰かが、その証である魔障をつけられていたのであろう。

そして竜はその魔障を追って、王都の方へと向かったのだ。

(畜生……！　あの大蜥蜴《おおとかげ》！　殺してやる……！)

竜はメルヴィンによって付けられた傷を癒やすため、さらに人間を食べようとしている。

ここの時点から一番近い人間の街は、よりにもよって王都だった。

メルヴィンが必死になって王都に戻ると、すでに竜による襲撃を受けた後だった。

メルヴィンの黒い長衣を見て、人々が口々に好き勝手なことを言う。

「やはり魔力持ちなど、受け入れるべきではなかったのだ！」

「お前たち魔術師のせいだ」

「いいから早く竜をなんとかしてくれ！　お前たちの仕事だろう……！」

メルヴィンが必死になって積み重ねてきたものは、瞬く間に瓦解した。

これまでの自分の努力が、忍耐が、全て無駄になったようで。

メルヴィンの中に、報われなかった惨めな気持ちが溢《あふ》れ出る。

(ああ、そんなことよりも、コーディはどこに……！)

彼女が襲われるよりも前に、竜を殺してしまわなければ。

そしてようやく暴れる竜の元へ辿り着いた、メルヴィンの目に映ったのは。

今にも竜に食われそうな、愛する妻の姿だった。

もはや何をしようと、コーデリアを助けることはできないだろう。

竜の牙は、彼女の肌に突き刺さる寸前だ。

メルヴィンの内側から、凶悪な何かがどろりと滲み出るのがわかった。


――世界を滅ぼしかねない、何かが。


メルヴィンがかつて、自分の中にある何か恐ろしいものについて調べようと思ったのは、なんてことはない。

国王直属ということで、自由に王宮を出入りできるようになり、世界一の蔵書量を誇る書庫も自由に使える権利を得たからだ。

千年以上前の書物すら保管されているというその場所は、これまでの人類の叡智《えいち》の塊だった。

メルヴィンはまず、魔力を持つ者たちが迫害を受けるようになった、その背景を調べることにした。

歴史書を主に紐解《ひもと》けば、この大陸が三百年毎に大災害に見舞われていることを知った。

そしてその原因が、蛋白石色の目を持つ、強大な魔力持ちであることも。

三百年前も、六百年前も、その魔力持ちをきっかけに、この世界は滅びかけている。

（——一番最後にあったのは、三百年前の大洪水）

その原因は、とある魔力持ちの子供の暴走であったとする、古い文献も見つかった。

その場にいた人間の一人が生き残り、顛末《てんまつ》を書き残していたのだ。

その子は迫害を恐れた魔力持ちの隠れ里にいた子供で、全ての精霊の加護を受ける蛋白石色の目と、色のない銀の髪をしていたのだという。

ある日この大陸全土で飢饉《ききん》がおき、食い詰めた者たちが魔力持ちたちの隠れ里の井戸に毒を入れ、魔力持ちたちを皆殺しにした上で、実りの全てを奪おうとした。

するとその里で一人生き残ったその子供が、憎しみのまま魔力を暴走させたのだという。

——審判の時は来たれり。

そしてどこからかそんな声が降ってきて、雨が降り続き、多くの国を水底へ沈めたのだ。

そして魔力持ちたちは、災厄をもたらす存在として、さらに迫害を受けるようになったのだという。

（……蛋白石色の目に、銀色の髪）

——そしてメルヴィンの体に眠る、何か恐ろしい力。

その全ての線がつながってしまい、メルヴィンは自分自身の正体を知った。

おそらく自分は三百年に一度現れるという、人間に審判を下す者なのだろう。

自分は、この世界を滅ぼすこともできる存在なのだ。

それはメルヴィンに、大きな心境の変化をもたらした。

彼の思考の中に天秤があらわれて、それにより常に人間の功罪を計るようになったのだ。

メルヴィンの中の天秤はふらふらと、その目に映るもので傾きを変える。

だがコーデリアに再会したあの日から、その天秤は一切傾きを変えなくなった。

彼女さえいれば、メルヴィンはこの世界の存在を許せた。——だから。

コーデリアの体が、竜の顎に捕らわれそうになった瞬間。

一年以上動かなかったその天秤が、メルヴィンの絶望で一気に傾きを変えた。


ああ、だめだ、間に合わない。——彼女のいない世界に、なんの価値もないのに。


だがその時、突如として竜の体に数えきれないほどの矢が降り注いだ。

竜の視線が煩わしげに、コーデリアから矢の降り注いだ方へと移動する。

すると今度は、竜の体が凄まじい炎に包まれた。

竜の鱗にさしたる傷もつけないであろうその魔法は、けれども竜の行動を一瞬止めることには成功した。

我に返ったメルヴィンは、その与えられた隙にすぐに魔力を練り上げ、数えきれぬ槍《やり》を作り出すと、一斉に竜を穿った。

断末魔の咆哮《ほうこう》をあげながら、竜が地面へと叩きつけられる。

そして完全に竜が生命活動を停止させたのを確認して、絶望は安堵により、強烈な怒りへと変わる。

「おい！　コーディ！　何を勝手に死のうとしてやがる……！」

死にたがりのコーデリアのことだ。きっと今回もまた自ら竜に対する囮になったのだろう。

思わずメルヴィンは、久しぶりに腹の底から怒鳴ってしまった。

するといまだに恐怖から立ち直れていないコーデリアが、恐る恐る目を開けてメルヴィンの方へ向く。

そしてその両目から涙を流し、抱擁を乞うように両手を広げた。

それは生きていることに安堵した目だった。そこに、死を望む色は見当たらない。

メルヴィンの足が勝手に走り出す。そして愛しい妻を、強く強くその腕に抱きしめた。

互いの体温が、生きていることが、たまらなく嬉しくて。

呼吸をする唇を確かめるように、触れ合わせる。

飽きずにそれを何度も繰り返していると、しばらくして背後から堪えきれぬ呆れた声が聞こえてきた。

「ちょっと、メルヴィン師長。いい加減、いちゃつくよりも先にやることがあると思います」

その声はコーデリアの護衛につけていたルカだ。

少しくらいならと仕方なく我慢していたが、いくら何でも長すぎるとぼやいている。

そんなルカの背後には、メルヴィンが育てた他の国家魔術師たちもいる。

先ほど竜の動きを止めてくれた炎は、彼らの魔法なのだろう。

「本当だよ、寂しい独身男に見せつけないでくれ」

同じく弓を持った兵士たちを引き連れた、バーナードが拗ねたように唇を尖らせている。

だがそんないじけるくらいなら、おっさんはいい加減真面目に結婚相手を探すべきだと思う。

先ほど竜に降り注ぎ、竜の注意を逸らした矢は、彼の指示によるものなのだろう。


――メルヴィンの大切なコーデリアは、人間によって守られたのだ。


気づけば周囲には人々が集まり、口々にほとんど被害を出さずに竜を討伐した魔術師たちと兵士たちに、称賛の声をあげている。

なんとも都合の良いことである。

腕の中のコーデリアは、こんな大勢に見守られていることに気づかなかったようで、顔を真っ赤にして俯いている。どうやら恥ずかしいようだ。

他人など比較的どうでもいいメルヴィンにはよくわからない感覚だが、そんな妻は今日も可愛い。

気がつけばメルヴィンの中の天秤は、いつもの角度に戻っていた。

「……生きてて、よかった。コーデリアに何かがあったら、世界を滅ぼすところだった」

メルヴィンが妻の耳元で内緒話をするようにそっと呟けば、冗談だと思ったのだろう、コーデリアは「仕方のない人ね」と言って、ふふっと楽しそうに声を上げて笑った。

実際には冗談ではなく、真面目な話なのだが。まあ、彼女が知る必要はないのだろう。

――メルヴィンの生きる理由。そしてこの世界を守る理由。

「……ねえメルヴィン。教えてあげる」

コーデリアも背伸びをして、唇をメルヴィンの耳元に寄せると、やはり内緒話をするようにそっと囁く。

「――あなたが私に向けてくれる感情のことを、『愛』と呼ぶのよ」

するとそれを聞いたメルヴィンの赤蛋白石色の目から、涙が溢れ落ちた。

エピローグ　三百年後の世界

「こうして我がファルコーネ王国が誇る大魔術師メルヴィン・アースキンによって、この国に巨大な対魔結界が構築され、魔力持ちの地位は向上し、国家魔術師制度ができた、というわけだ」

現国家魔術師長ルトフェルの解説に、アリステアは相変わらず興味のなさそうな目を向けた。

「……へえ、そうですか。なるほど」

「ちょっとアリステア……。もう少し他に言うことはないの？」

「勉強になりました。ありがとうございます」

困った顔をした師に嗜められ、仕方なくアリステアはそんなことは微塵も思っていないであろう口調で礼を言う。

すでに中年に足を突っ込んでいるルトフェルの目に、そんなアリステアの捻くれっぷりは、ただただ微笑ましく映る。

『俺にもあったなぁ、そんな青い時代……！』などとつい過去を懐かしんで、生ぬるい目で見てしまうのだ。

ちなみに自分のその余裕ある態度が、アリステアの神経を余計に逆撫《さかな》でしていることを、ルトフェルはしっかり認識している。

若者が悩み苦しみ悶《もだ》える様を余裕を持って眺められるのは、すでにそれを乗り越えた年長者の特権なのだ。

頑張れ若人よ、などと適当なことを思いつつ、ルトフェルは話を続ける。

「魔力持ちの子供の収容施設ってのは、今じゃ我が国の歴史上、最大の汚点とされているな」

人間としての尊厳を奪われ、魔物の前に餌として差し出されていた魔力持ちの子供たち。

ルトフェルも潔癖な若き頃にその話を聞いて、あまりにも非人道的であると、何故そんな恐ろしいことがまかり通っていたのかと、随分と憤ったものだ。

そしてそんな悪名高い施設に、かの大魔術師メルヴィン・アースキンと、魔力による治療法を確立し、のちに治療魔法の母と称された彼の妻、コーデリア・アースキンは収容されていたのだという。

そんな経歴もあって大魔術師は、この国で魔力持ちの人間が人として生きられる道を模索したのだ。

彼らの努力の甲斐《かい》もあり、今では『魔力』とは神から与えられし『祝福《ギフト》』である、という考えが主流となった。

都市部では魔力を持った子供が生まれると、むしろ喜ばれるほどである。

だがその一方で、残念ながらあれから三百年が経った今でも、王都から遠く離れた田舎の方では、魔力を持つ人間に対する偏見は残されている。

目の前にいる師弟もまた、それらの偏見による被害者だ。

しかし大魔術師の残した対魔結界の効力が薄れていっている今、魔術師の存在はますます欠かせないものとなっている。

いずれ魔力持ちへの偏見は、この国から完全になくなることだろう。


――大魔術師メルヴィン・アースキンの願い通りに。


「それにしてもその大魔術師とやらは、どうしてそんな酷い目に遭わされてもなお、この国を守ろうなんて気になったのでしょうね」

心底理解できません、と肩を竦めて呆れたように疑問を投げかけるアリステアに。

「まあ案外、愛する女のためってやつかもしれないいな」

ルトフェルはそう言って、目の前の師弟二人を眺めながら、ニヤニヤと意地悪そうに笑った。


――そう、それはきっと、どこにでもある陳腐な話で。

◇◇◇◇

魔物の討伐を終えて屋敷へと戻れば、半年ほど前に生まれた娘を抱いた妻が、嬉しそうに満面の笑顔で玄関まで迎えにきてくれる。

「ただいま、コーディ」

「お帰りなさい、メルヴィン」

そしてコーデリアはメルヴィンの顔をじっと見つめ、安堵したように目を潤ませる。

「今日も無事に帰ってきてくれてよかった」

魔物討伐などもう数え切れないくらいに行っているのに、コーデリアは変わらず毎回メルヴィンのことを心配してくれる。

──誰かに無事を祈られることの、なんと幸せなことか。

胸の中がくすぐったくなって、その度にメルヴィンは泣きたくなる。

「ほうらアビー。お父様が帰ってきましたよ」

そしてコーデリアが、腕の中の娘に声をかける。

「ただいま、アビー」

「メルヴィン……！」

するとコーデリアによく似た娘のアビゲイルが、父の声に眉を顰めてむずがった。

今日も娘は天使だ。たとえむずがられたって、この世のものとは思えないくらいに可愛い。

まあ、父として多少傷つく心はあるが、この可愛さの前ではごく瑣末《さまつ》なことである。

その顰められた眉間に、困ったように垂れた眉に、潤んだ眦《まなじり》に、触れたい。

だが魔物討伐から帰ってきたばかりの血と土埃で汚れた手で、この愛しくも尊い存在に触れるわけにはいかない。

メルヴィンは思わず伸ばしかけた指を、なんとか押《お》し留《とど》める。

コーデリアはそんな彼を見てくすくすと笑うと、「寒いでしょ」と言って屋敷の中へと誘う。

メルヴィンは屋敷に入ったその足ですぐに浴室へ向かうと、徹底的に体を洗って、またそそくさと愛しい妻と娘のいる居間へと戻る。

どうやら父が必死に体を洗っている間にお腹いっぱいに乳をもらったアビゲイルは、現金にも先ほどから一転、すっかりご機嫌になっていた。

そんな娘の周りには今日も、たくさんの精霊たちが楽しそうにふわふわと浮いている。

おそらくアビゲイルは、両親譲りの強い魔力を持っているのだろう。

恐る恐るメルヴィンが手を伸ばすと、娘は父の指をその小さな手でぎゅっと握り、ぱあっと蕾《つぼみ》が花開くように笑った。

その笑顔を見た瞬間、思わずメルヴィンの赤蛋白石色の目に、涙が滲んだ。

人は幸せでも涙が出るのだと、この歳になって初めて知った。

アビゲイルのためにも、メルヴィンは対魔結界結界の強度と範囲を更に増やそうと決める。

いずれ娘が大きくなって、自分の元から旅立っても。

危険な目に遭わずにいてほしい。幸せでいてほしい。笑っていてほしい。

父親として、そう願わずにはいられない。

だからこそ父は、愛しい娘のために、できる限りのことをするのだ。

最近では魔術師の数も少しずつだが増え、こうして家族で過ごす時間も増えた。

人間など相変わらず煩わしいし大嫌いだが、家族はたまらなく愛おしい。

妻は世界で一番可愛いし、娘もこの世のものとは思えないほど可愛い。

毎日が幸せで幸せでたまらない。——それなのに。

いまだにメルヴィンは、自分の選択が本当に正しかったのか、確信が持てないでいる。

たとえ今がどれだけ幸せであろうと、それまでに見た汚いものが脳裏から拭い切れないのだ。

本当に人間がこれから先も存在に値する生き物なのか、はっきりとした自信が持てない。

だからメルヴィンは、自分に任された範疇《はんちゅう》以上のことには、手を出さないことにしている。

それ以上は、また三百年後に現れるであろう、新たな審判者の手に委ねるつもりだ。

(だがまあ、俺が分かる範囲でこの世界の仕組みを書き残しておいてやろう)

いつかそれを読んだ人が、新たに生まれる審判者に、愛を教えてくれるといい。

そしてこの世界にある美しいものを、たくさん見せてくれるといい。

――決して汚いものだけではない、この世界を。


「コーディ、アビー」

メルヴィンは妻と娘の名を呼んで、その腕の中に引き寄せ、大切に囲い込む。

そしてそれぞれの頬に口づけを落とすと、幸せそうに微笑む。

「――愛してる」

夫の口から素直に発されるようになった、そんな愛の言葉に。

よくできました、とばかりにコーデリアもまた幸せそうに笑った。

あとがき

この度は拙作『はじまりの魔法使いは生贄の乙女しか愛せない』をお手に取っていただき、誠にありがとうございます。作者のクレインと申します。

今作は四年前に書かせていただきました『ヤンデレ魔法使いは石像の乙女しか愛せない　魔女は愛弟子の熱い口づけでとける』及び一昨年の『炎の魔法使いは氷壁の乙女しか愛せない　魔女は初恋に熱く溶ける』のスピンオフとなっております。

両作の中で歴史として語られていた、国を守る対魔結界を造った初代魔術師長のお話です。構想としては『ヤンデレ魔法使いは～』執筆時からなんとなく頭の中で作ってはいたのですが、正直こうして小説として形にできる機会をいただけるとは思っておりませんでした。

昨年無事完結いたしましたコミカライズをきっかけにこの作品世界が多くの方々の目に触れたおかげだと思います。コミカライズをして下さったセキモリ先生には感謝しかございません。

またシリーズを通して美麗なイラストで作品を彩って下さったウエハラ蜂先生、ありがとうございます！　毎回美しいイラストを拝見する度、幸せな気持ちになっておりました。

そしてこの作品にお付き合い下さった皆様にお礼申し上げます。ありがとうございました！

クレイン

Mitsuneko Label

蜜猫文庫をお買い上げいただきありがとうございます。
この作品を読んでのご意見・ご感想をお聞かせください。
あて先は下記の通りです。

〒102-0075 東京都千代田区三番町8番地1三番町東急ビル6F
(株)竹書房　蜜猫文庫編集部
クレイン先生 / ウエハラ蜂先生

はじまりの魔法使いは生贄の乙女しか愛せない

2025年2月28日　初版第1刷発行

著　者　クレイン　©CRANE 2025
発行所　株式会社竹書房
〒102-0075
東京都千代田区三番町8番地1三番町東急ビル6F
email : info@takeshobo.co.jp
https://www.takeshobo.co.jp
デザイン　antenna
印刷所　中央精版印刷株式会社